# 營繕師異譚 之參

小野不由美 著
王華懋 譯

# 目次

出版緣起

# 恐怖（Horror）是絕佳的娛樂

獨步文化編輯部

人類為什麼愛讀恐怖小說，愛看恐怖電影？

一手打造二十世紀之後最廣為人知的恐怖小說世界觀「克蘇魯神話」的美國作家H. P.洛克來夫特曾經說過，「人類最古老而強烈的情緒，是恐懼；最古老而強烈的恐懼，是對未知的恐懼。」可是在畏懼的同時，我們卻又忍不住要去揣摩想像，那未知的彼端究竟有些什麼在蠢蠢欲動著。也因此，人類自古以來，就不停地講述恐怖、描寫恐怖、觀看恐怖，乃至於享受恐怖。就像「百物語」這個耳熟能詳的遊戲，明知講完一百個鬼故事，吹熄一百根蠟燭後，可能就會有某種未知的存在到訪，但人們仍然熱中於此，樂此不疲。這種害怕並期待著；恐懼並享受著的複雜情緒，不正是恐怖永遠是絕佳的娛樂的證明嗎？

許多作家長年以來持續地描寫這股「古老而強烈」並且十分複雜的情緒，成為了歷久不衰的文學類型，當然在日本也不例外。從歷史悠久的江戶時代怪談，到現在的小說到漫畫，從電影到電玩，各種恐怖（Horror）相關產品不停出現，持續演化，成爲日本大眾文化重要的組成元素，和推理小說並列爲日本大眾文學的台柱。許多台灣讀者熟悉的作家，如：京極夏彥、宮部美幸、小野不由美等等，也都發表過許多精采絕倫、引人入勝、的恐怖小說。藉由他們的努力，恐怖小說也不斷地進化、蛻變，展現出各種不同的風貌。

將好看的小說介紹給台灣的讀者，一直都是獨步文化最重要的經營方針。早在創社之初，獨步便已經有了經營日本恐怖小說的計畫。和推理小說同樣有著長遠歷史以及多元發展的日本恐怖小說，所帶來的樂趣完全不遜於推理小說。在數年的努力之下，多采多姿的日本推理小說在台灣已經獲得了許多讀者的喜愛與肯定，我們認爲現在正是邀請台灣的讀者來體驗另外一種同樣精采迷人的閱讀樂趣的好時機。

在經過縝密的規劃後，獨步推出了全新的恐怖小說書系——「恠」。引介了最當紅的日本恐怖小說家，非讀不可的經典恐怖小說，期望帶給你一種宛如夏夜微風，輕輕拂過頸後的閱讀體驗。

總導讀

# 你的後面或許有人，那又怎樣呢？

曲辰

且讓我假設你現在是獨自一人坐在房間裡翻看這篇導讀，那麼，我懇求你，暫時放下這本書，閉上眼睛，傾聽你所能聽到的最細微的聲音。

想像一下，那些爬搔聲、撞擊聲、腳步聲或是隱隱的呼吸聲究竟來自哪裡。你眞的確定那些聲響來自窗外嘛？或者是你以爲是浴室的漏水聲，其實是個人正緩緩潛入你家，躡手躡腳的企圖進你的房間呢？

H. P. 洛克萊夫特說：「人類最古老又最強烈的情緒是恐懼，最古老而又最強烈的恐懼則是對未知的恐懼」，這邊的未知可不僅止於你從未去過的歪扭小鎭，畢竟你怎麼知道閉上眼睛你的房間到底還是不是原來的樣子？

於是，爲了探索你閉上眼睛後這個世界的樣貌，恐怖小說誕生了。

## 裸體美婦脫掉了那層皮，成爲一個骷髏

有人認爲，小說的來源起自於古老的時代人們圍坐在火堆邊講故事的形式，想像一下那個畫面，似乎很容易理解爲什麼小時候參加營隊總會有個晚上莫名其妙輪流講起鬼故事，然後在一陣戰慄中結束彼此嚇自己的行爲。恐怖小說的起源或許就是這樣的。

在西方文類而言，恐怖小說（horror fiction）一般來說都是自哥德小說（註）（gothic novel）開始劃分，畢竟具備「不斷探索邊界」意義的哥德小說，本身就有展現未知之境的功能，進而演化出「讓人感到恐怖的虛構小說」這樣的定義。也因此我們可以說西方的恐怖小說誕生自「一個威脅性的秘密，一個古老的詛咒，以及奇妙的大宅，與纖細的女主角」這些哥德式的要素，從而構成了日後西方恐怖小說的基本條件，也就是你總是要「觸犯」某個結界似的空間，你才遭遇到恐怖。

要在此說明的是，「恐怖小說」如果我們稱之爲一種文類（literary genre），似乎是一種外來的類型文學，但就像奇幻小說（fantasy）先以外來文類的姿態進入華文世界（如《龍槍編年史》、《魔戒》等西洋文本），讀者在理解這些文本是被劃分到「奇幻」這樣的文類範疇的同時，也針對某種內在特徵相符的概念（如「超

註：Gothic最早是指日爾曼民族中的哥德人，後逐漸變為中古時期的形容詞，十八世紀時，理性主義與啟蒙運動影響了英國，所以文學作品多半具有強烈的現實性，這時哥德小說成為對抗那種理性主義的存在，於是不管是不是把背景設定在中世紀，都可以看見如同夢魘一般的恐懼感，裡頭充滿了對於異世界的探討與渴望。

現實」、「人神共處」）繼而回溯到如《封神演義》、《西遊記》這類的中國古典小說脈絡中。但在台灣，講到「恐怖小說」，應該所有人都會聯想到如《聊齋誌異》之類的中國特有文學類型。

日本也是一樣，早在「恐怖小說」（ホラー）這個詞出現之前，屬於日本自身的恐怖形式就已經存在了。

## 撬開棺材，一個嬰兒正蜷縮在母親屍骨上沉沉睡去

日本恐怖小說的前行脈絡大致可分爲三種。

一是日本從室町幕府以來就有的「百物語」傳統，大家聚集在一起講鬼故事，據說講滿一百個鬼故事就會有不思議之事發生，後來更進入通俗讀本之中，並轉進歌舞伎、落語等等大眾娛樂發展；一是佛教的傳入，僧侶們爲了講述艱澀的教義，因此擷取佛經中的譬喻，結合日本原有的風土民情，創作出屬於日本在地的教喻故事（註一），特別是佛教的因果思想與日本原有的泛靈信仰（註二）合流，許多帶有靈異色彩的口傳故事開始流傳開來；最後是文人創作，如淺井了意《伽婢子》或上田秋成《雨月物語》，他們一方面承襲了佛教的因果輪迴觀點，一方面改寫中國的志怪小說，將之書面化、在地化，催生了屬於日本的恐怖書寫形式。

註一：這種形式在中國唐朝時期就有了，我們稱之為「講唱」，後來更成為宋朝時期的「說話」。
註二：一種信仰形式，並非一神或多神，而是相信凡物皆有靈，凡靈皆可成妖怪或神。

但眞正在二十世紀初對這樣的恐怖脈絡進行總整理的，則是一個希臘人Patrick Lafcadio Hearn，他比較爲人所知的名字是「小泉八雲」。他以一個外來者／異邦人的視角，敏銳的發現上述脈絡，於是對當時盛行的恐怖書寫形式進行整理，結合書面與口傳文學的特色，「翻譯／改寫」成英文發表出去。而後翻回日文，進而對日本自身的恐怖小說傳統造成影響。

也就是在他的總結中，怪談有別於歐美恐怖小說的部份被凸顯出來，除了西方並未有的強烈因果信仰與「靈」的形式外，與歐美恐怖小說總是喜歡讓主角「誤觸險地」不同，日本怪談中洋溢著日常性，恐怖本來就存在我們生活周遭，並不是人去刻意闖入的，只是「剛好」碰觸到現世與他世的邊界而已。更重要的或許是，怪談中那種強調「氣氛」而非實質暴力或恐怖行爲的恐怖描寫，日後甚至透過日本恐怖電影（J-horror）反過來影響了歐美的恐怖電影，成爲日本難得「文化逆輸入」的範例。

## 吃完牛排打開冰箱，男友的頭擱在裡頭正瞪著我

在小泉八雲對江戶以來的怪談傳統進行總整理後，明治末期受到歐美心靈科學流行的影響，怪談又掀起一波熱潮，只是這時怪談逐漸受到理性的壓抑，於是建立

了「尋找解釋」的模式，改變了怪談原本不需理由就遭遇恐怖的敘事方法；而後七〇年代流行的心靈節目、靈異照片等等，更讓怪談本身的「怪異」被理性給籠罩了。

於是雖然這段時間流行怪談，但多以鬼故事型態的「百物語」形式出現，幾乎沒有稱得上是虛構文類的「恐怖小說」，這段期間恐怖小說得依附推理小說生存，或反過來說，推理小說成爲培植恐怖小說的土壤。

同樣是恐怖文本的恐怖電影史，曾經被人形容爲「在本質上就是二十世紀的焦慮史」，恐怖小說也是，這個文類其實準確的反映了當代人的集體恐慌。所以九〇年代初期，由於泡沫經濟與當時的社會主義大崩壞，因此那個「解決可能性」（一切社經相關問題皆有可能解決）的時代已經過去了，取而代之的則是「解決不可能性」（一切問題皆不可能解決）的時代逐漸露出。加上八〇年代史蒂芬金被翻譯進入日本，在某些閱讀族群中獲得相當強烈的歡迎與反應，日本才開始書寫「現代恐怖小說」。

日本文藝評論家高橋敏夫認爲，我們在「搭乘現代社會這個交通工具時偶然的與恐怖小說共乘」，恐怖小說中描繪的非眞實場景正巧形成了一個相對於現世的參照系統。於是日本現代恐怖小說在承襲了怪談傳統同時，也針對現代人的感性結構反映了現代社會的情況，描寫那些潛伏於日常生活的細節、在習以爲常的城市角落發生的恐怖，過去從未見過的人際疏離、科技恐慌、對宗教與心靈的質疑，在這個時候都陸續進入恐怖小說中。

而在一九九三年角川成立恐怖小說書系以及恐怖小說大賞，「恐怖小說元年」正式成為宣傳詞，於是日本恐怖小說開始在出版市場有著一席之地。

## 地球上最後一個活人獨自坐在房間裡，這時響起了敲門聲

如今，二十一世紀都過了第一個十年了，日本恐怖小說的類型也益發多樣化。怪談方面，由京極夏彥與東雅夫在《幽》雜誌上提倡的「現代怪談」運動正如火如荼，京極不僅積極賦予傳統怪談現代風味與意義，也積極的創作「在日常的都市縫隙中遇到非常的怪異」的現代怪談；木原浩勝與中山市朗則復古的學習「百物語」，到處收集鬼故事並改寫成「新耳袋」系列，兩邊可以說是從不同方向延續了怪談這種日本文類的命脈。

現代恐怖小說方面，角川的恐怖小說大賞則繼續在挖掘具有現代感性的優秀恐怖小說，（註）不僅有帶有科幻風味的貴志佑介、小林泰三、瀨名秀明，強調日式民俗感的岩井志麻子、坂東眞砂子，走獵奇風格的遠藤徹、飴村行，或是強調現代清爽日式風格的朱川湊人、恒川光太郎。創作遊走在各種類型之間的恐怖小說家也越

註：其實這個獎本身就有很傳奇的事件，從第一屆開始，就有「單數屆的恐怖小說大賞一定會首獎從缺」的都市傳說，一直到第十三、十四屆連續從缺才打破這個紀錄。不過到了去年的第十八屆又從缺，不知道會不會之後變成偶數屆從缺。

來越多，三津田信三在推理與恐怖之間架起了高空鋼索，走在上面展現他精湛的說故事技巧；藤木稟則是將日式奇幻的華麗色彩結合西方的哥德原鄉進而開創屬於自己的風格。到這階段，日本的恐怖小說可以說是應有盡有。

講鬼故事有一個基本技巧，就是在聲音越壓越低的時候，要忽然拔高，喊著「那個人就在你後面」，用氣勢震駭聽眾。可是如今的恐怖小說，早就沒那麼簡單了，「你的後面有人」是前提，接下來會發生什麼事，才是重點。

就像在名爲恐怖小說的森林地上長滿了蕈菌一般，乍看陰沉而茫濛，但當你習慣了夜色、找到對的觀看角度，才會發現他們款擺出誇張、陰濕、幽微、鮮艷、各式各樣不同的顏色與姿態，而那些東西加總起來，就是我們內心所不欲人知的那一半世界。

猜猜看，閉上眼睛後，你的世界會變成怎樣？

**曲辰**，現爲中興大學中文系博士生（應該不需要提醒各位關於這個學校的傳說故事了），認爲推理小說與恐怖小說剛好是現代文明的一體兩面，所以都要攝取以保持營養均衡。不過被恐怖電影嚇到時，會惱羞成怒的抱怨導演技巧拙劣；看到太可怕的恐怖小說會在晚上的夢中把結局扭轉，這樣才能保持身心的健。

# 誘惑的岩石

多實在黑暗中醒來了。

房間裡，光源只有近門處一盞小夜燈。昏黃的燈光照亮宛如老洋樓的室內。鑲板門、有著繁複雕刻的家具、門與窗框，都在微弱的燈光下浮現出陰影。

——想去廁所。

多實躺在床上，想要評估自己多急迫。

樓下傳來吵鬧的人聲。醉鬼特有莫名歡快的吵鬧聲。父親找來朋友一起喝酒，好像還有一堆人沒走。那麼，多實睡著之後並沒有經過多久吧。

多實在心中想像——起身，走出自己的房間，走下樓梯。下樓就是寬闊的客廳。父親的酒友們都在那裡。自己一身睡衣，現身他們面前，父親應該會問「怎麼了」，自己則回答「去廁所」。父親的朋友們一定會順帶問她許多問題吧。每個人都醉了，一定又會重覆晚餐席上都聽膩了的問題。「上了國中怎麼樣？」「愈來愈像小女人囉。」「有沒有男朋友了？」「有沒有喜歡的男生？」——諸如此類。

光是想像就覺得討厭。多實不想穿著薄薄的睡衣面對那些人，卻也覺得換衣服很奇怪。她不想遇到任何人，但是要去廁所，就非得經過客廳不可。

——乾脆繼續睡好了。

但尿意強烈，實在不可能睡得著。多實思索片刻，靈機一動。

——店裡。

從多實位在二樓的房間，可以前往相鄰的餐廳二樓。去到餐廳，走下樓梯，就是店內的洗手間。

雖然餐廳早已打烊，開燈讓她猶豫。不，只要有能照亮腳邊的燈光就夠了。

多實起身下床，拔下門邊的小夜燈。插座上的小夜燈，拔下就能當手電筒。

多實拿著燈，躡手躡腳走出房間。刺耳的大笑聲沿著近旁的樓梯傳了上來。多實轉身背對喧鬧聲，往走廊左邊前進。多實的房間旁邊，是父親的臥室——母親還在世的時候，是父母的臥室。

——要是媽還在的話。

多實很小就失去了母親，因此無法有任何具體的想像，但她覺得如果母親還在，一定能輕鬆解決這類小困擾。

父親的臥室——主臥再過去的盡頭有道門，那裡通往餐廳的二樓。開門之後，拐過一個彎，有個小房間，裡面有收納織品類和餐具的層架，還有從一樓送餐上來的小菜梯。小流理台、小冰箱、製冰機、飲水機、配膳桌。多實以眼角餘光掃著手中的燈光裡浮現的這些東西，走向另一道門。開門之後，是頗爲寬闊的包廂。

椅子一字排開的大餐桌、一些家具，正面牆邊則是一座壁爐（只是裝飾，不曾眞的燒火）。左邊是一排窗戶，自天花板垂下的窗簾敞開著（也從來沒看它拉上過）。然後，右邊是一道對開門。每一樣東西都是造型精緻的古董。似乎也有一些是仿古董風，但多實辨認不出差異。完全就是「老洋樓」的這些裝潢，作爲法國餐廳再合適不過。

但多實覺得這個天花板極高的偌大空間很可怕，簡直就像恐怖電影的舞台。而且打烊後的店內實在冷清。就宛如人去樓空的學校，令人心慌不安，有些可怕。

要不要開燈？多實猶豫了一下，但不想被父親和他的朋友們發現，打消了念頭。儘管覺得就算開燈，從客廳也看不見，但事情總有萬一。她可不想碰上跑來查看怎麼回事的大人。

多實藉著手上的小燈走向包廂門。她腳上的拖鞋在拼木地板踩出虛軟的啪噠聲。走到門邊，轉動門把，開門出去。門外是座朝半空中突出的小廳，扶手外是挑高的餐廳一樓。開闊的空間裡，坐落著寂靜的黑暗。各處盤踞著陰影，彷彿潛伏著什麼。多實害怕起來，加快腳步，走下寬闊的樓梯。一下樓，旁邊就是客用洗手間。在這裡，多實也忍耐著沒有開燈，在陰暗中上完廁所，鬆了一口氣，踏上歸途，感覺比來時輕鬆了一些。

登上光澤的木階梯，再次前往二樓小廳。那裡就像一塊只是圍上古雅扶手的露台。打開對開門其中一邊的門，回到包廂。正面並排著三面大型上下推拉窗。正面的窗戶反射著多實手中的燈，映照出穿睡衣的她的身影。

窗與窗之間擺放古董櫃。多實注意到其中一個櫃子上的大盒子，停下腳步。是有著鑲嵌工藝的美麗盒子。

「這是……」

走過去打開蓋子。裡面裝著銀色的金屬音盤。是母親的音樂盒。音盤相當大，發出的聲音極爲悅耳。父親說，母親年輕的時候去德國旅行，發現了這個音樂盒，從此啓發了她的古董愛好。

——原來已經送回來了。

母親過世以後，音樂盒壞掉不響了。原本一直放著沒管，後來父親說要送去修理，那已經是半年前的事了，沒想到不知不覺間已經送回來了。父親沒有告訴多實音樂盒已經回來，而且還放在店裡。

——這明明是媽媽的東西。

母親的寶物被店裡偷走了。放在這裡，就沒辦法在想聽的時候播放它。當然，現在也沒辦法播放。因爲這個音樂盒的音量大得驚人。

多實覺得有點被父親背叛了。她再三撫摸盒子，嘆了一口氣，就在這時，窗戶傳來「叩」的一聲。是什麼東西碰到窗戶的聲音嗎？還是窗框挪動的聲音？

多實轉向窗戶，定睛細看。直到上一刻還倒映出多實的窗戶有人影。起初多實以爲是自己的倒影，但角度不對。而且那個人影沒有拿燈。

多實僵住了。

——小偷？

她反射性地靠向櫃子，但立刻想到不可能是小偷。窗外沒有可以站人的地方。窗外是懸崖，懸崖底下是河。

正當多實懷疑自己眼花了，人影移動，就像在改變窺覷的角度。

多實輕聲尖叫了一聲，忍不住舉起雙手。手上的燈也隨之抬起——窗戶被照亮，上面的人影倏忽消失了。

——看錯了嗎？

還是錯覺？多實的手這才開始發起抖來，她捏緊小燈，把身體朝窗戶探過去。

窗外什麼都看不見，只能看見被老玻璃扭曲的黑暗。多實只確定窗戶確實鎖著，便連忙逃進小房裡。她在黑暗裡跌跌撞撞回到臥室，拿著小燈直接鑽進被窩。

卓夫困惑極了。他的前方，站著一名神情緊繃的年輕人。年輕人自稱青野，正爲了堂弟的死而指責卓夫。

「我借給克之的橡皮艇在下游找到了。克之被沖到城堡那一帶去了。」

那天晚上的雨勢太大了——青野咬住下唇說。

「大颱風嘛。」卓夫含糊地陪笑說。「那天風雨很強，在天氣那麼糟的夜晚乘橡皮艇下水，眞的太魯莽了。」

「的確很魯莽。我也沒想到他居然會在那天晚上下水。要是知道，根本就不會借他了。」

「就是啊。」卓夫點點頭，望向掛在大廳上的時鐘。他是在估算距離開店還有多少時間。備料還沒有完成，但一開店就有大量預約客。

「克之是個老實人，但一旦決定要做什麼，就會固執己見，甚至做出離譜的事情來。他一定就是那麼想見那個女人吧。可是居然在颱風夜下水，眞是太傻了。這一點我也明白，可是把他叫來的女人，也有責任吧？」

卓夫大嘆一口氣：

「所以說，這裡沒有您說的那種女人。」

青野瞪著卓夫：

「為什麼要隱瞞！」

「我不是隱瞞——」

「是有什麼不可告人的事嗎？克之也說，他來這裡找她，對方卻說沒有這個女人，讓他吃了閉門羹，所以他只好從水潭那裡過去。」

「不是這樣的——」

卓夫受夠原地兜圈子對話。青野聲稱，這裡有名年輕女子，是女子把他的堂弟叫來的。堂弟在女子的邀約之下，竟魯莽地在颱風夜乘橡皮艇前來，結果喪生湍流。青野說這雖然是意外，但把堂弟叫來的女人也有責任，堅持要見那個女人。

「我說過很多次了，我不是要求賠償，或是要懲罰那女人。如果那女人不知道克之死了，我希望她知道這件事。如果她已經知道，我想問問她對於因為她的關係，害死克之這件事，她做何想法？」

「真的沒有那種人。」卓夫嘆氣。「這裡沒有年輕女人。內子早就過世了，我是有個女兒，但她還是小孩子。我們家就只有父女兩個人而已。」

「不可能。這裡不是有座像塔的房間，面對河流嗎？應該有個年輕女人住。」

青野強硬地說，又說：

「或許其實不年輕。克之說是年輕女人，但他是從河的對岸看到的，可能只是遠遠地看上去很年輕——」

「不好意思，我已經說過很多次了，」卓夫又望了時鐘一眼，然後看向年輕人。「正如您看到的，這裡是餐廳。雖然我也會把它稱爲塔，但面河的那座塔，一二樓都是包廂，沒有人住在那裡。雖然有住家的部分，但從河那裡看不到，而且家裡只有我和女兒兩個人住。這裡的年輕女人，就只有員工，但那名員工也是來當甜點學徒的，不會離開廚房。」

五年前，卓夫在這塊土地開了夢想中的餐廳。店址位在溪谷河畔，是以奇岩聞名的名勝景點，下游河口就是古時的城堡。他買下崖上老朽的老洋樓，重新整修爲餐廳。

此地是有漆黑的天守閣（註）鎮坐的古老城下町，意外地在過去有許多「切支丹（註）」。雖然江戶幕府頒布禁教令而導致天主教式微，但天主教在此地淵遠流長，也保留明治時期以後來訪的傳教士留下的建物等。卓夫買下的洋樓應該也屬於這一類，但詳細來歷不明。不知何時，這裡成了空屋，卓夫買下時，狀態非常糟糕。

許多人建議最好拆掉重蓋，但卓夫仍堅持整修，因爲洋樓立於崖上的身姿魅力獨具。深邃的水潭上，是一整塊岩石構成的懸崖，廢墟就矗立在崖邊。屋頂高聳的平房建築，有一部分是二樓，宛如高塔般聳立，幾乎突出水潭。從對岸望過來，那

註：天守閣是日本城堡中，中心區域的「本丸」最高的屋頂閣樓部分，具有瞭望功能。

外觀充滿了浪漫風情，但由於建築法規的限制，若是拆掉重蓋，似乎就無法再蓋成相同外形。由於堅持整修，所費不貲，而且工期也超出預期，但卓夫和妻子都不後悔。他們認爲，再也沒有比坐落在名勝景點的溪谷旁，有著高塔的小洋樓更適合開法國餐廳的建築物了。

當時身體健朗的妻子，從這片景致將餐廳命名爲「羅蕾萊」。實際上，可能是因爲建築物特色十足，自餐廳開幕以來，生意蒸蒸日上。之前工期延宕，一度陷入資金調度困難，但現在以高塔餐廳的特色聲名在外。塔所在的包廂景致絕美，總是預約滿檔。

青野說，那座塔住著女人。青野的堂弟從河川對岸看到塔的窗邊有個年輕女人。河流兩岸距離頗遠，但堂弟的嗜好是攝影，是以望遠鏡頭拍攝餐廳時發現女人的。有個美麗的年輕女子站在窗邊——住在河口城下町的堂弟，一次又一次前來那個地點看她。

「他還特地買了望遠鏡，每次休假都過來。他說那女人隨時都在塔的二樓，所以不可能是客人，而是住在那裡。後來那女人注意到克之，向他招手——」

所以堂弟去見女人，卻吃了閉門羹。堂弟認爲應該是有某些隱情，決定直接從外面去會她。但要從外面靠近那座塔，只能從水潭過去。他要求青野借他橡皮艇，青野答應了。他完全沒料到堂弟會在那天晚上，在暴風雨中下水。

「克之有時候會亂來，但對異性很害羞，不可能會想到這麼大膽的主意。我很驚訝，想說這太稀奇，卻不覺得是壞事。我相信他就是那麼迷戀那女人吧。」

這也太假了——卓夫心想。窗邊有個美麗的年輕女子，招手誘惑他人——簡直就像羅蕾萊的傳說。老實說，卓夫懷疑這是青野從餐廳店名聯想到的信口開河。

「如果您這麼說，請上來看看吧。」

卓夫說，向青野指示樓梯。造型別緻的扶手，是模仿老洋樓的設計製作的。改建的時候，卓夫極盡所能地講究細節。他蒐集古老的零件和建材、家具，弄不到的物品，就參考各地洋樓，特別訂做。這番用心的結果，讓樓梯看起來宛如創建當時的原件。卓夫登上這座樓梯，把青野帶到二樓。

上樓之後，只有一座呈露台狀突出的小廳。推開那裡的對開門，裡面就是二樓包廂。有雕刻的玻璃門，以及門扉兩側的彩繪玻璃，都是他費盡辛苦挖到的古董。

開門入內，是最多可容納十人的包廂。古董風格的大餐桌——這是仿舊品——另一側是窗戶。設計精緻的窗框裡，並排著三面上下推拉窗。這些窗戶也是他辛苦找到的，比常見的推拉窗更高大，窗上附有鑲彩繪玻璃的氣窗。他只找到了一面，但實在太愛這款設計了，請人再做了兩面相同的玻璃。

註：「切支丹」爲葡萄牙文cristão音譯爲日文後的漢字表記，指一五四九年沙勿略將天主教傳至日本後的天主教信徒。

「——如您所見。」

卓夫在包廂裡交抱起手臂。雖然擺了兩、三樣家具作爲裝飾，但不管怎麼看，都不是有人生活的空間。

青野困窘地環顧包廂，接著窺看窗外。窗下是水潭的水面，以及一整片現在染上美麗綠意的溪谷對岸。春天可以賞櫻，秋天則是點綴著楓紅，四季美景是包廂的賣點。

「可是，克之眞的——」

青野困惑地說，注意到包廂角落的門。

「——那道門是？」

「要看嗎？是供餐用的小房間。」

打開仿古董的鑲板門，裡面也沒有能住人的空間。那是從樓下廚房用菜梯送上餐點，準備配膳的備餐室。呈直角轉彎的房間深處還有另一道門，那裡通往住家二樓。以前妻子還在時，假日兩人會從那裡來到二樓包廂，欣賞窗外風景。妻子幸福地微笑，說可以獨占整個包廂吃下午茶，眞是太奢侈了。當時他作夢都沒有想到，短短半年後妻子居然就離世了。

「員工等一下就來了。您盡可以詢問他們。這裡眞的沒有您說的那種女人。」

青野茫然佇立，作聲不得。

多實在只亮著一盞檯燈的房間裡抱著膝蓋。

她想睡卻睡不著，終於放棄入睡，坐在床上。總覺得心口滯悶，睡不著覺，因為她和父親吵架了——不，那連吵架都不算。父親把她當小孩子，讓她氣不過，頂了回去，結果被罵了。

多實覺得，自己已經不是小孩了。不，應該說，她還沒有成熟到被當成小孩反而會覺得開心嗎？朋友和學姊裡面，有些人會機靈地在父母面前裝童稚，藉此得到獎賞，但多實在各方面都還無法看得那麼開，做出那種表現。被當成小孩，她就會覺得被當成不夠格、不重要的人，憤憤不平。

這種時候，多實總是會思念起母親。儘管母親只存在於零碎的記憶中，就連長相都只剩下模糊的印象，能夠明確地憶起的，只有照片中的臉。

要是母親在的話，就能懂我了——這應該只是夢想。母親不一定就能理解孩子、或支持孩子，這件事只要看看朋友家就知道了。但唯一不會錯的，就是母親和自己都是女生。不只是這樣，在多實家，沒有母親來反對或質疑父親說的話，父親就是一切，沒有人來維持平衡。這令人難忍。

所以多實才會思念母親，才會想：要是媽還在的話。雖然也有挨母親的罵，或似乎被母親冷落，感到寂寞的記憶——父母一起經營餐廳，因此她更多的感受是寂寞——但多實還是忍不住要想：我要媽媽。

——音樂盒……

想聽母親的音樂盒。以前都放在客廳的，卻被拿到店裡去了。多實想問父親，爲什麼放在店裡？卻問不出口。大概是因爲對多實來說，這是比被當成小孩更嚴重的事。所以就算她敢頂嘴「不要把我當小孩」，也說不出「把音樂盒還給我」。

多實抱著膝蓋側躺下去，好陣子在床上難以排遣內心的煩悶。她嘆了口氣爬起來，不耐地咬起指甲。她已經重複這些動作不知道多少遍了。

——音樂盒。

多實下了床。雖然這時間也不可能播放音樂盒了。

她拔下小夜燈，躡手躡腳走出房間。樓下傳來電視聲。父親還沒睡，還是在沙發上睡著了？

多實觀察了一下動靜，然後前往店裡。她害怕進入包廂，但上次的怪人影，或許是她看錯了。藤枝就貼在窗外，可能只是把枝條或藤蔓看成人影了。

她偷偷摸摸、輕手輕腳地開門。門後是一片漆黑的空洞。光靠手上的小燈，只能照亮一小部分，至多就是照亮腳下，所以幾乎整個包廂都充斥著黑暗。空間大，充斥的黑暗總量也多。總覺得深邃的黑暗裡有什麼正蠢蠢欲動。

有沒有什麼徵兆？多實張大眼睛，拉長耳朵。自己節制的呼吸聲聽起來異樣地尖銳。大桌和椅子的黑影，看起來就像黑暗凝結而成的黑色固體，但沒有可疑的影子，也沒聽到奇怪的聲響。

——沒事的。

多實安撫自己，輕吁了一口氣。慢慢地挪動腳步，往桌子走去。繞過大桌，走近櫃子。這也等於是靠近不久前看到——好像看到人影的窗戶。不想靠近。可是音樂盒就在那裡。

要是音樂盒更小一點——是常見的那種小音樂盒，就可以拿回房間了。就可以蒙在被窩裡偷偷地聽，早上上學前放回去，彷彿根本沒這件事了。

多實不停地用眼睛瞄向窗戶，慢慢地靠近櫃子。微小的燈光裡，浮現出音樂盒的身影——同時，傳來堅硬的「叩」一聲。

多實反射性地後退，盯住窗戶。櫃子右邊的窗戶，窗外有人影。

窗外根本沒有可以站人的地方。從窗戶一直到遙遠下方的水潭，中間空無一物——什麼都沒有。

多實跌跌撞撞地後退。窗外的影子晃了一下，探頭看向這裡。

——他要進來了。

那不是人，所以窗鎖根本沒有意義。或許連玻璃都沒有意義。

人影舉手，狀似要開窗。

多實尖叫了一聲，轉身就跑。她連滾帶爬地拚命跑，划泳似地衝進備餐室。穿過小房間，穿過走廊，衝向亮著檯燈的自己的房間。一衝進房間，正面的窗戶便躍入眼簾。她連忙衝過去檢查窗鎖，把半開的窗簾徹底拉上，以顫抖的手拚命按住簾縫，深怕它打開來。

多實一邊這麼做，一邊在內心不停地說：

——我再也不要去那個鬼地方了！

「永江大哥，是出了什麼事嗎？」

早上還沒開始開店準備，森崎就來到餐廳，劈頭便這麼問。森崎是妻子的學弟，兩人都是下游的城下町出生的，在高中社團認識，妻子和卓夫一起搬回這塊土地以後，雙方便熱絡地往來。

「——怎麼這麼問？」

森崎遞出購物袋：

「這給你，我們家種的哈密瓜，NG品。」

「已經是哈密瓜產季啦？接下來要大忙特忙了呢。」

森崎家是種水果的，接下來直到秋初，都是出貨的忙碌季節。森崎對開心地收下哈密瓜的卓夫說：

「我在門口被一個年輕人抓住，說有事要問我。看起來很凶喔。」

「有事問你——」

「他向我打聽你們家的事，像是你們家有哪些人、有沒有同住的女人。」

是青野。卓夫嘆了一口氣。是卓夫自己說可以問的。然後青野好像也眞的頻繁地過來，抓住員工和往來的業者，詢問相同的問題。

「類似找碴吧。唔……過陣子應該就會放棄了吧。」

卓夫說，森崎訝異地說：

「這樣嗎？那就好。要是有什麼狀況，一定要跟我說啊。」

說完後，森崎話鋒一轉：

「──對了，我來的路上看到你女兒喔。正要去上學。很久沒看到她了，已經變成小姑娘了呢。」

森崎刻意明朗地說，卓夫也勉強開朗地回應。兩人聊了一陣近況之後，卓夫送森崎離開。瞬間，卓夫考慮要不要和森崎商量青野的事，但森崎得回去田裡，卓夫也要準備開店。卓夫也知道森崎是偷空特地過來的，所以不好挽留他。

目送森崎的小卡車離去，卓夫重重地嘆了一口氣。

──沒想到青野會這麼糾纏不休。

員工和業者好像都對青野說，這裡沒有他說的那種「年輕女人」。儘管如此，青野卻鍥而不捨。

──明明就沒有年輕女人啊。

妻子過世了，女兒也還小。

──小姑娘。

森崎的話忽然掠過腦際。這麼說來，以前來家裡的朋友也說過一樣的話。變成小女人囉，女孩子長得眞快。

確實，女兒長高了。對卓夫來說，女兒不管是外表還是言行都很稚氣，但是在別人眼裡，又是如何呢？

「不可能吧……」

卓夫兀自苦笑。害怕黑暗，睡覺不敢關燈——女兒就是還這麼小，甚至會害怕窗簾縫裡的黑暗。

一想到這裡，一陣隱微的不安掠過心裡。

忘了幾天前，他發現女兒房間深夜亮著燈，跑去她房間查看。他在客廳睡著，半夜醒來，正要回去臥室，發現女兒房間的燈亮著。這時，他看見窗簾用夾子夾了起來。他納悶地看了看女兒的睡容，關燈準備離開房間，女兒卻跳了起來。不知道是被卓夫吵醒的，或是原本就是裝睡，她傾訴「不要關燈，我會怕」，卓夫笑她「眞是長不大」。

只看身高的話，也有些成年女子就這麼高而已。遠遠地看，或許有可能錯認爲「年輕女人」。而且塔的窗戶嵌的是手工吹玻璃。這種玻璃有獨特的凹凸不平，會不會是因此讓人顯得成熟？

——請問小姐在嗎？

聲音忽然在腦中復甦。忘了是什麼時候，有人上門這麼問。

在開店前忙碌的時刻來訪的人——對，一樣是個年輕人。年輕人結結巴巴、語調含糊不清地這麼問。從年紀來看，實在不可能是女兒的朋友，記得當時他感到滿腹狐疑。

——您是小女的朋友嗎？

年輕人點點頭，但卓夫想，如果眞的認識女兒，有事找她，不是應該拜訪住家那裡嗎？至少應該知道這時間女兒還在學校吧？

——確定是要找小女嗎？請問您是來找哪位？

卓夫問，年輕人卻說不出名字。年輕人支支吾吾說，可能是女兒、可能是妹妹，或是姊姊，總之是年輕小姐。卓夫只覺得可疑萬分，冷冰冰說「你找錯人家」。

……啊，那就是青野的堂弟嗎？

確實，他只從河流對岸看到，不知道名字，也不知道和卓夫是什麼關係嗎？

——看到？看到誰？

塔的二樓沒有住人。沒有年輕人說的女人。如果有的話，那就是女兒，是那個年輕人誤認了女兒的年齡。

卓夫突然不安起來。爲何女兒都上了國中，現在才突然害怕起黑夜和窗戶？拉得嚴絲合縫、還夾上夾子的窗簾，似乎反映出她害怕看到窗外的感情。

可怕的想像忽然湧現，卓夫走向塔的一樓座位。格局和二樓包廂一樣，但一樓有三張四人桌。入內正面不是上下推拉窗，而是落地對開窗。窗外有座小露台。

卓夫走出露台。石磚地板、纖細的鐵工藝扶手，腳下的水潭、前方流水潺潺的溪谷、對岸的綠意。從這裡眺望出去的景致同樣美不勝收。

站在露台，回望建築物，仰望二樓。貼有護牆板的牆面裝設了木格子，從庭院的藤架引來藤枝，攀爬在牆上，直達二樓窗戶底下。

卓夫仰望花季早已結束的藤枝，發現一大片範圍枯萎了。葉子完全變色了。細一看，藤枝似乎在中間折斷了。那根藤枝相當粗，前端全部枯萎了。

視線往下移，剛好就是露台扶手。這也是模仿照片上看到的洋樓扶手製作，乍看纖細，但因爲是鑄鐵，相當堅固。扶手有一處有些歪曲了。

就宛如遭到某種沉重的物體撞擊一般。

——明明已經決定再也不去了。

多實輕手輕腳，慢吞吞地從黑暗的走廊走向餐廳。

她害怕塔的包廂。那裡有東西。她害怕到不行，光是回想，雙腿就忍不住顫抖，卻不由自主要去。因爲母親的音樂盒在那裡。

她就像之前那樣，拿著小夜燈穿過備餐室。輕輕開門，進入塔的包廂。剛一進去，多實就發出不成聲的尖叫。因爲那道窗上有人影。

那地方絕不可能有人。或許有辦法爬上來，但不可能像那樣停留在那裡。

可是，那裡確實有人。黑色的影子，將窗外的幽暗切割出一個人形。多實以顫抖的手伸出小夜燈。微弱的光搖曳，讓玻璃表面反射出宛如濕漉的光芒。

「你是誰……？」

多實鼓起勇氣出聲，然而事與願違，只發出了蚊子叫一般的細聲。

然而人影彷彿聽見了，悠悠動了起來，靠向玻璃，就像要窺看窗戶裡面。

依稀看見人影的一部分了。蒼白的臉、白色的和服——不，是淡色的和服嗎？是女人——多實心想。

一手扶在玻璃上側著頭的身影，怎麼看都是個女人。

白色和服的女人——

這也太假了。老套到不行，看起來完全就是假的。

多實激烈地喘著氣，跨出一步。女人看向多實。多實拚命鼓勵隨時都會逃進備餐室的自己，再往前跨出一步。看著多實的女人，舉起另一手，低下頭，以和服衣袖掩住了臉，動作就彷彿在壓抑淚水。

多實就像痲痺了似地，動彈不得，這時女人忽然抬頭了。女人雙手搭到窗上，製造出細微的聲響。

——我不行了。

多實發出不成聲的尖叫，倉皇逃回備餐室，勉強小心不出聲地關上門。心跳如擂鼓。背靠到門上，鬆了一口氣，但回神抬頭一看，眼前是陰暗且有許多黑影的狹小空間。

感覺各處黑暗潛伏著什麼人，好可怕。多實伸出小夜燈，就像要驅逐黑暗，快步趕回住家。出去走廊——回到房間，看到檯燈的燈光，終於放下心來。

——還是沒辦法去。

音樂盒就在那裡啊！

那女人是誰？為什麼會出現在塔那裡？她想做什麼？

多實的目光停留在抽屜櫃上的相框。相片裡，是揹著書包的多實和父母。

「……是媽媽？」

雖然她從來沒看過母親穿和服。不——躺在棺中的時候。就記憶所及，那是母親第一次、也是最後一次穿和服。

多實走近櫃子，拿起相框。母親一頭長髮中分，束在後頸。

——不可能。

如果那是母親，她不懂母親爲什麼要那樣現身在窗外？如果有什麼遺憾，不要出現在那種地方，回到家這邊就好了。

如果是母親就好了，多實心想。如果是母親的話，她就不怕了。也不用因爲有可怕的東西而不敢靠近音樂盒了。

青野不知道第幾次到看得見高塔餐廳的河岸。他站在溪畔路旁，舉起相機。相機和大型望遠鏡頭，都是懇求嬸嬸——克之的母親借來的。因爲橡皮艇是青野借給克之的，嬸嬸對他似乎心存芥蒂。雖然嬸嬸沒有當面責怪他，但就算痛罵他一頓也是合情合理。然而卻要向嬸嬸拜託事情，而且是商借堂弟的遺物，讓青野感到愧疚難當，難受極了。

青野在千懇萬求地借到的相機上，千辛萬苦地裝上望遠鏡頭，窺望觀景窗時，日頭已經整個西斜了。

青野把相機對著餐廳。透過望遠鏡頭，對岸的景象一清二楚，但他費了好一番工夫才找到餐廳窗戶。望遠鏡頭很重，手只是稍微晃動一下，景色就會整個偏移。他蹲在路邊，把相機放在路邊護欄的支柱上，設法穩住它。

——早知道這樣，就順便借三腳架了。

青野沒有攝影愛好，不知道原來望遠鏡頭這麼難搞。

他再三比對景色和鏡頭方向，餐廳的一部分終於進入觀景窗裡。接著細心地找到塔，將鏡頭調向二樓窗戶。

因爲看到窗戶下緣，把相機稍微往上調，結果景色一口氣跳到窗上了。連忙再往下扳，卻又看到完全不對的景象。當他手忙腳亂時，一個人影忽然躍入視野。

青野屏住了呼吸。完整進入視野的窗戶裡有個人影。是一名長髮女子。穿著淡色和服，低著頭，正以袖掩面，因此只看到白皙的額頭和淡淡的細眉，但整體造型美極了。

——果然有女人。

青野忍不住倒抽了一口氣。這細微的動作，讓窗戶從視野中消失，他把眼睛從觀景窗移開，仰望餐廳。

用肉眼看，只看得出二樓窗戶內側有某些白色的東西。

——之前上去二樓時，窗邊什麼都沒有。

沒有任何讓人錯認爲人影的東西。所以現在確實有人站在窗邊。

青野目不轉睛地盯著對岸的景色。溪流旁邊，是流水停滯的水潭水面。嶙峋的岩壁以將近垂直的角度聳立在那裡。

再次從相機望去。水面深水湛然，岩壁遠遠地看去像一塊岩石，但透過相機，看出意外地起伏劇烈。龜裂、突出、凹陷，窪處長出雜草，有可以抓踩的地方。只要去到崖下，或許青野也有辦法爬上去。一旦爬到上方，就有支撐搭的一樓露台的鐵架。高度並不高，而且柱子之間有梁，還有斜向的鋼筋，應該可以輕鬆爬上去。但是從露台到二樓，沒有柱子或屋簷。

相機裡看到的牆面被滿滿綠意所覆蓋。不是爬牆虎——是藤嗎？餐廳旁邊有座像藤架的東西，是把它的藤蔓引到牆面去吧。定睛察看，綠葉之間有像柵欄的東西。因爲漆成和牆面一樣的顏色，所以難以分辨，但應該是架設來讓藤蔓攀爬的。

——只要沿著它爬，就能上去二樓。

相機緩緩地向上移動，尋找立足點，最後捕捉到二樓的窗戶。窗戶依然有著人影。和服女子以袖掩面。剛才看到的時候，女子低著頭，袖子蓋到眼睛，但現在女子抬起頭來了。她筆直面對這裡，就像在看青野。雖然櫻色的衣袖掩著嘴巴，但可以清楚地看見那雙清秀的細長眼睛。深邃的黑眸定定地對著青野。

那雙眼睛就好像要把人吸進去，青野想。

滿含憂愁的眼睛眨了眨，接著女子放下了袖子。高挺的鼻梁底下是櫻桃小嘴。

青野目不轉睛地看著，那櫻色的唇瓣微微開啓。同時白皙的手抬到臉旁招了招手，宛如在呼喚青野。

瞬間，青野觸電般整個人呆了。他驚詫回神，按下快門。忘我地連續按下快門鍵。可能是按得太猛了，視野猛地下落，墜入水潭的水面。青野拚命扶住差點從護欄支柱掉下去的相機。他雙手抱住相機，望向對岸，遙遠的窗中，佇立著白色的人影。

青野連忙看相機。按來按去，終於按出剛才拍的照片了。手震很嚴重，幾乎每張照片都只有一堆線條，就好像倒入了顏料。

然而，其中只有一張。

雖然一樣手震失焦，但拍到了窗戶，看得出窗戶有人影，而且是女人，也看得出女人舉起了一手。

——這就是證據，青野心想。

再次望向餐廳，建築物沐浴在夕陽裡，玻璃窗反射著霞光，看不見室內。

——她就是那樣引誘克之嗎？

克之受到引誘，爬上那座遠遠地看也讓人心驚肉跳的懸崖去見她嗎？而且是在那樣的暴風雨夜晚。

女人是把青野當成了克之嗎？那麼，她不知道克之已經死了嗎？或者不管是誰，她都會像那樣引誘？

——這次我一定要問個清楚。

——妳沒跟什麼奇怪的人交往吧？

今天傍晚，父親唐突地問。是開店前短暫的休息時間。父親一向堅持在這個時段和多實共進晚餐，因此相較於朋友家，多實的晚餐吃得非常早。

菜色是店裡準備的員工餐。父親會特地端來兩人份，和多實一起吃，但近來這讓多實感到有些痛苦。一方面也是因爲父親心情不好。這陣子父親似乎有什麼心事，一點小事都會讓他不耐煩。兩人也沒有共通話題，和一臉沉鬱的父親悶聲不響地吃飯，實在憋死人了。而且因爲晚餐時間比別人家早太多，多實沒辦法參加學校社團活動，放學後也不能跟朋友出去玩。她覺得自己已經不是小孩了，不必這樣處處限制她吧？

因此她才會忍不住說：「我可以一個人吃飯。」她說，父親和餐廳員工一起吃就好了，她可以一個人吃飯，這樣也沒什麼不好吧？

「爲什麼？」

父親問。晚飯時間太早了，有時候我也想在放學後跟朋友悠哉聊天。要是等吃完晚飯再去找朋友，那時間朋友也得回家吃飯了。

多實吞吞吐吐，盡可能婉轉地說了類似這種意思的話，父親明顯不高興。父親說，放學後與其想著玩，好歹關心功課怎麼樣？跟朋友玩，假日就行了吧？

「很快就要放暑假了，到時候白天見面的時間多得是吧？」

聽到這話，多實也不爽了。放暑假的話，朋友就會去旅行了。跟家裡開餐廳，幾乎沒什麼旅行經驗的多實不一樣，長假期間，朋友們都很忙的。而且，不是說假日見面就行了。有些事情是今天就想說的。想要安慰心情低落的朋友、關心似乎有煩惱的朋友——這些事等到明天就太遲了。即使只是稀鬆平常的小事，話題也是有賞味期限的。

千頭萬緒一口氣湧上心頭，多實反而說不出話來了。但她還是努力試著說明，父親卻打斷她，問她是不是在跟奇怪的人交往。

「什麼意思？」

多實竭盡所能地表達憤怒說，但父親含糊其詞，匆匆回去餐廳了。

——要是媽還在的話。

母親的話，就會明白對女孩子來說，和朋友談天的時光有多重要。會同理她，認同共享話題、彼此陪伴，是非常非常重要的事。

好想見母親。好想念母親的音樂盒。可是她不敢去塔那裡。能夠進入那個包廂，就只有餐廳打烊以後——深夜的時間，她覺得這實在太沒道理了。

她也想找人傾訴塔裡有可怕的東西，但這也不是可以隨便跟任何人說的事。爲了讓對方確實明白——理解她不是在撒謊，也不是誤會，放學回家的路程太短暫了，時間遠遠不夠。

對父親愈是不滿，多實就愈是思念母親。母親留下來的東西還有別的，但那個音樂盒因爲被拿到店裡去，導致她怎麼也放不下。

母親也是——多實想。母親應該不想心愛的物品放在多實碰不到的地方吧。

——那是媽媽嗎？

因爲音樂盒被放在那種地方，所以媽媽才會傷心哭泣嗎？

這個想法一浮現，多實便覺得一定就是這樣。

多實從二樓觀察客廳的狀況，等待父親像平常那樣，喝啤酒看電視然後睡著。聽到細微的鼾聲後，多實拿著小燈，前往餐廳的塔。

塔的包廂就像平常，一片寂靜。漆黑的巨大空洞裡，朦朧月光遍灑的窗戶旁，擺著母親遺物的音樂盒。多實交互看著三面窗戶，提心吊膽走向音樂盒擺放的櫃子。連自己都說不出到底是來見音樂盒的，還是來見從窗外窺看的那女子的。

窗戶沒有人影。多實吁了一口氣，撫摸音樂盒。慢慢地打開盒蓋，注視著銀色的音樂盤，試著回想起過去聽到的音色。

第一張是〈童年即景〉，另一張是〈夜曲〉，還有……

音樂盒應該附了四、五片音樂盤，她卻想不起其他的曲子。現在裝在上面的音樂盤印著〈Sicilienne〉，這是什麼曲子呢？

多實正回溯記憶，聽見一道堅硬的聲響。是輕敲玻璃窗的聲響——多實嚇了一跳抬頭，在近處的窗戶看見一張白臉。女子一手扶著玻璃，另一手藏在和服衣袖裡，遮著臉龐。低頭的角度，這天看起來好似在爲了什麼事而悲傷。

「……媽？」

多實膽戰心驚地靠近。藏在衣袖底下的臉抬了起來，白皙的臉、修長深邃的黑眼、高挺的鼻梁——底下是小巧的嘴唇。

——不是媽。

和多實的記憶、看過的照片都完全不像。

正當多實這麼想，女人笑了。如蠟般帶有透明感的白色臉頰高高隆起，嘴唇綻開來。嘴角勾起——接著宛如裂開來般左右延伸，龜裂直達耳下。龜裂打開來了。

同時上下唇從中間裂開，裂成十字形的嘴巴朝外翻展開來。翻開來幾乎要蓋住整張臉的嘴巴裡，布滿了無數尖銳的利牙，不斷地蠕動著。

多實連叫都叫不出聲，當場跌坐在地。她拚了命挪動軟掉的手腳往後退。

——不是媽。

——不是人。

——連鬼都不是。

多實尖叫，喉嚨深處卻只發出了咻咻氣聲。多實在內心不停地尖叫，拚命站起來，踉蹌地逃回備餐室。

「謝謝兩位特地過來一趟。」

卓夫說著，迎接兩名客人。這天是餐廳公休，店裡沒有人。

「我去端飲料。」卓夫就要前往廚房，隈田叫住他：

「啊——不用張羅了。先看看露台吧。」

隈田指向塔說，他的旁邊，一名年輕人一臉驚奇地環顧著店內。改建工程的時候，沒看到這個人。隈田只介紹說，是常和隅田工務店打交道的尾端。

卓夫把兩人領至露台，指示看起來有些扭曲的扶手，向隈田說明事情經緯。

「這歪了呢。」

隈田撫摸扶手說。他從胸袋掏出小三角尺比對，檢查筆直的量尺和扶手間的隙縫。「凹下去了呢。」他說，從正上方俯視扶手，又說：「雖然不嚴重，但這部分稍微往內傾斜呢。」

隈田說，抬頭仰望頭頂。因爲還沒有處理，藤枝依然是斷的。折斷的部位前方枯得更嚴重了，變褐的葉子開始掉落。

「要搬梯子來嗎？」

叫尾端的年輕人問隈田。

「啊，不用。藤樹我看了也不懂。」

隈田說，拉長了身子，觸摸設在牆面的格柵。是用細木條以三十公分間隔搭成的格柵。隈田抓住木條輕搖了幾下，確認強度。有幾處搖搖晃晃。

「重搭之後，過了快兩年吧？」

隈田問，卓夫點頭。改建當初設置的格柵因風雨而腐朽，約兩年前重新施工搭了新的。

「變得滿不牢靠了呢。是因爲藤樹長得太茂密，通風不好的關係嗎？木材的話，都一定會從螺絲的地方開始爛掉。」

「這有辦法攀爬嗎？」

「現在這狀況的話，應該可以。雖然好像有幾處螺絲掉了，但應該是有人爬上來造成的。」

果然——卓夫心想。有人爬上牆壁，結果摔下去。在暴風雨中摔落的年輕人，身體撞到扶手，墜入水潭——

「這種情況，算是誰的責任呢？會不會變成我們管理不善……」

卓夫說到一半，餐廳門口傳來聲音。有人在大聲說話。

卓夫連忙過去查看，發現開門闖進餐廳裡的是青野。青野一看到卓夫，立刻舉起一手。那隻手抓著一張紙。

「不好意思，現在——」

青野打斷卓夫的制止，大步走過來，把手中的東西一把塞過去。

「你自己看，這樣你還要說沒有女人嗎？」

那似乎是一張照片。約筆記本大小的相紙上拍到像窗戶的東西。令卓夫驚慌失措的是，窗中有個人影。雖然照片嚴重失焦，但還是看得出窗戶裡有人。

「你夠了沒！」

卓夫反射性地厲聲說道，甩開青野的手。要是看出那個人影是女兒，他該如何是好？

「你看清楚！」

「我現在有客人，你請回吧。」

卓夫丟下這話，轉身就走。他看見沒關的包廂門裡露出隈田的臉——上方是站在二樓樓梯廳的女兒。原本這時間女兒不應該在家，但前天開始放暑假了。

卓夫反射性地暗想糟糕。不能讓青野跟女兒碰面。萬一青野說什麼照片裡的人影跟女兒很像——

「塔裡眞的有女人啊！」

青野大喊，接著驚覺地轉頭仰望上方的樓梯廳。

「就是妳嗎！」

被厲聲一吼，在扶手內俯視餐廳的女兒瑟縮起來。

「住口！你請回吧，我要叫警察了。」

「叫啊，我才不怕。」

「好了好了。」溫和的聲音插進來。「兩位都冷靜一下，沒必要這麼火爆吧？」

隈田苦笑著安撫卓夫和青野。

「總之先坐下來，做個深呼吸，然後輪流聽聽彼此的說法如何？就算要反駁，等聽完對方的說法再反駁也不遲。」

卓夫點著頭，但依然瞪著青野，揚聲說：「多實，妳回去房間。」然而這時細微的聲音從天而降：

「眞的有——塔裡有女人。」

卓夫慌了，青野發出得意洋洋的聲音。多實在眾人注視下，一臉蒼白地走下樓梯。可能是覺得害怕，腳步緩慢，但動作看起來卻莫名地鎮定、堅強，卓夫發現女兒不知不覺間，就快變成大人了。

「塔裡有女人嗎？」

隈田柔聲問道。多實點了點頭。

「可是，這裡只有小姐一個女生吧？令堂已經過世了。」

「可是……眞的有。雖然那或許不是人。」

好，妳回家裡——卓夫正想這麼說，一直默默守在一旁的尾端出聲打斷了：

「是在塔的二樓嗎？」

「對。」

「妳看到她了，對嗎？」

「我看到好幾次。」多實說，想起什麼似地哆嗦了一下。「她從窗外看裡面。一開始我以爲是女人。」

「多實。」卓夫插口。「妳是作了惡夢。」

「不是！」多實抗辯，尾端笑咪咪地看著她，說：

「多實同學，妳知道誘惑的岩石嗎？」

「誘惑的——什麼？」

多實仰望尾端。

「德國萊茵河一座有名的岩石。還是應該說岩山比較正確？據說那裡有個女精靈，有人說她會用歌聲引誘往來河川的漁夫，或是用她的美色誘惑人。」

「啊，我知道，就是羅蕾萊。」

尾端點點頭，催促多實坐下來。

「就是這家餐廳的店名，對吧？——傳說羅蕾萊原本是對不忠的情人絕望而投河自盡的少女，死後變成水的精靈。」

「這我們都知道。」卓夫粗聲粗氣地插口。「多實也是，那好歹是家裡餐廳的名字由來，她當然知道。」

「這樣啊。」應聲的尾端也沒有不悅的樣子，依然笑吟吟地問：

「那麼——各位知道川姬嗎？」

「川姬？」

「是這一帶流傳的故事，顧名思義，是出現在河裡的女妖怪。」

「——妖怪。」

卓夫傻了，但尾端一本正經地點點頭：

「據說如果一群年輕人聚在水車小屋旁，不知不覺間，就會有個貌美的年輕女子站在水車後面。那就是川姬。川姬一出現，在場的老人家就會打暗號，年輕人就立刻低頭屏住呼吸，這樣就能躲過川姬，但如果被川姬吸引，靠近她，立刻就會被吸光精氣。」

聽說川姬還能在水面上凌波微步，或跳到橋上。

卓夫搖頭失笑。青野一樣笑出聲來：

「你是在說，塔裡的女人就是那川姬？是川姬玩弄了克之？」

「既然會留下傳說，表示曾經發生過這樣的事——是可以這樣推論的。」

「太扯了。」青野不屑地說，卓夫在臉前擺著手：

「但也有些民間故事是瞎掰出來的吧。夜晚的河川很可怕，所以會害怕剛好在那裡的女人。要不然就是曾經有那種邪惡的女人，或是強盜假扮成女人，被色誘的人吃了大虧，把它說成妖魔鬼怪。傳說就是這樣演變而來吧？」

「或許呢。」尾端微笑。「河裡有美女，引誘男人，使其遇上災禍，這類傳說到處都有。不只是日本，外國也是。羅蕾萊也是其中之一呢。」

「應該吧。」卓夫得意地說。

「不過，自古以來，人們就認爲河川與妖魔密不可分，這也是事實——我不知道妖魔是否眞實存在，但我認爲人們相信存在的事物，是不容忽視的。」

可是——卓夫和青野同時出聲，這時一道細微的聲音插口：

「……有。眞的有啦。」

多實以嚴肅的眼神看著尾端。

「河裡有怪物。」

「不要胡說八道。」卓夫說，瞪著尾端：「你也是，可以不要胡言亂語嗎？小孩子動不動就會信以爲眞。」

「才不是！」

多實喊道。就是因爲父親這種態度，她才一直無法說出口。雖然說不出口，但她很害怕。眞的一直都害怕極了。

「塔的包廂裡有怪物，眞的有！」

「多實！」

卓夫吼道，尾端制止：

「可以告訴我們，妳看到什麼嗎？」

多實點頭。一想到父親果然不出所料，只會吼她，不相信她，她就氣憤得掉淚。

「有東西……從窗戶外面看裡面……一開始我以爲我看錯了……」

該以什麼樣的順序、怎麼說才好？愈是強烈地想要說清楚，就愈是無法好好地暢所欲言。

「慢慢說沒關係，不用照順序說也行，把妳看到什麼說出來就可以了。」

多實稍微鬆了一口氣，總算說出話來了：

「下次再看到的時候，我以爲是女人，可是結果不是女人。」

「不是女人？」

「是怪物。因爲那根本不是人的臉。」

多實終於能夠述說了。那個人穿著淡色和服，一頭長髮，乍看之下是個美麗的女子，但絕對不是人。因爲她的嘴巴上下左右裂開來，露出無數尖銳的牙齒。

「這樣啊。」尾端點點頭，回頭看卓夫。「以爲是個麗人而靠近，來到近處，看到那張臉，一定會嚇破膽呢。尤其是在腳下不穩的地方——而且是在暴風雨之中的話……」

「你是說——眞有這種東西？所以人才會摔下去溺死？」

卓夫握住拳頭。他氣得全身發抖。

「我們餐廳有怪物？胡說八道！我好不容易才開了這家餐廳，貸款也還沒還清，不可能把這裡賣了跑掉啊！」

卓夫大喊，注意到多實的目光。依然淚濕的那雙眼睛看著自己，眼神卻像在看陌生人。那冰冷的目光讓卓夫萎縮：

「我必須撐下去才行，爲了多實。」放低聲調說完後，在女兒的注視下，他更低壓了聲音說：「……也爲了我自己。」

忽地，他感到多實的眼神緩和了。那看起來也像是憐憫，但奇妙的是，他不感到氣憤。被女兒同情——雖然覺得沒出息，但不覺得不愉快。多實的眼神，和妻子鼓勵說洩氣話時的自己眼神相似得令人驚訝。

「……那個包廂很搶手，不可能把窗戶遮住或關起來。」

卓夫就要訴苦，尾端舉手制止：

「我想那東西不是在塔裡。」

「——什麼？」

「多實同學看到它在窗外對吧？它從窗外窺看裡面。」

多實點點頭。

「溺死的先生，看見那女人在窗戶裡面。」

聽到這話，青野點點頭。

「那麼，怪物是在窗外，還是窗內？」

卓夫呆呆地張口。

「從裡面看是在外面，從外面看是在裡面——那麼，唯一可能的，就是在窗戶當中了，對吧？」

卓夫片刻間說不出話來。

「我聽說二樓的窗戶裡面，有一面是古董，另外兩面是模仿它訂製的。」

「對——沒錯。」

「古董窗是哪一面？」

「中間的……」

尾端回頭看青野：

「那張照片拍到的窗戶，是哪一面？」

「中間的。」青野喃喃。

「妳看到的人影是在哪裡？」

「中間的窗戶。」多實也回答。

「嗯。」尾端兀自喃喃，笑了。「是窗戶——或玻璃。雖然不清楚是窗戶有什麼不對，或者是窗戶招來了怪東西。可以換掉玻璃看看，也可以把窗框連玻璃全部換掉。」

尾端語氣明朗地說，轉向隈田：

「窗框是隈田先生下訂的嗎？」

「對啊。門窗行應該畫了設計圖，現在還留著。那裡的老闆做事很嚴謹的。」

「玻璃是特別訂作的嗎？」

「不是，是所謂的復古玻璃。以前的話，吹玻璃要訂做或是老東西才有，但那時候已經開始進口了。現在的話，不用進口也買得到。」

隈田語氣溫和地說明，尾端向他點點頭，回望卓夫微笑：

「方便看一下那面窗戶嗎？」

# 火焰

庭院的白木蓮，冒出火焰般飽滿的蓓蕾。白木蓮清秀地佇立在庭院一隅，枝椏另一頭，看得見春意中蒼茫的黑色城堡。

周圍被老房屋圍繞的庭院顯得蕭索。木蓮周圍的草地，在丈夫兒時似乎是一片草皮。丈夫離家上大學的期間，草皮消失，變成普通的雜草地，在順子搬進來後，成了讓她在豔陽天底下無休無止割草的刑地。

順子嚥下湧至喉邊的苦澀，從這片景象別開目光，拉上經年泛黃、浮現斑漬的蕾絲窗簾。

雜草變長了，去割掉——被如此吩咐的每一天。雜草必須斬草除根，否則吹了又生，然而婆婆卻叫她割掉。

——要是拔光了，不就變成一片荒地了嗎？下雨就滿地泥濘，髒死了。

——妳啊，就只想著偷懶。

婆婆這麼說，她只好用割的，但天氣一好，雜草便如火如荼地冒出來。梅雨一過，即使天天割草，草也不斷地抽高。她在盛夏火熱、充滿草腥味的熱氣裡，頭暈目眩地不停地割草。木蓮花是徒勞苦工開始的信號。所以一看到木蓮蓓蕾鼓起，順子就陷入憂鬱——儘管命令她割草的婆婆已經不在了。

婆婆貴惠在去年秋天過世了。苦刑宣告終結，終於過了半年。七七結束，年關過去，冬天也離去了，然而她到現在依然不覺得獲得了解脫。

——嘮叨地數落的貴惠已經不在了。

所以從今以後，不管是要拔掉雜草，還是丟著不管，都是順子的自由了。儘管這麼想，她卻覺得有人在逼迫她割草。貴惠一定會變著花樣，威脅她割草吧。

——事實上。

從剛才開始，就不斷傳來硬物敲打牆壁的叩叩聲。看看時鐘，早上九點，是兩餐間服藥的時間。隔壁會客室傳來堅硬敲門聲，就像在催促：吃藥時間到啦！

順子在飯廳椅子坐下，雙肘拄在桌上，摀住耳朵。叩叩聲不絕於耳。聲音間隔愈來愈短，音量也愈來愈大。

——順子！

好像聽到了貴惠的聲音。

——藥！

——快拿藥來啊！

——過來餵藥啊！

在腦中迴響的噪音，逼得順子踢開椅子站了起來。她快步穿過客廳，打開通往會客室的門板。同時聲音歇止了。

原本是會客室的房間，現在空無一物。以前的家具搬走，放進貴惠的照顧床。貴惠死後，床鋪類歸還了，只剩下幾個層架和籃子等等。過去放床的地方，旁邊的牆面留下用拐杖敲打的痕跡。每次呼叫順子，貴惠就不停地敲牆，合板牆壁表面印刷脫落，底下的合板也都快被敲出洞來了。空落落的房間裡，在射入的陽光當中，僅餘塵埃飛揚。

順子當場坐倒在地。

十二年前，公公離世了。公公雖然懦弱，但爲人木訥，順子覺得他是個好公公。那是順子四十一歲的時候。失去老伴的婆婆當時六十六歲，丈夫良一擔心老母，說想搬回故鄉和母親同住。

順子沒有反對。良一只有一個姊姊久美，嫁到遠方，順子本來就把良一將來要照顧父母視爲既定的事實。不知幸或不幸，順子和良一沒有孩子，不必擔心就學問題，而且兩人都是藥劑師，換工作很容易。因爲是故鄉，也有人脈。事情順順當當地進行，順子和丈夫一起搬到了這座古老的城下町。因爲是老街，許多守舊的地方，然後婆婆性情跋扈，而且看不順眼媳婦。即使如此，順子依然覺得總有辦法過下去。只要一起生活，遲早會磨合成一家子。這段過程當中，丈夫一定會好好扮演潤滑油的角色吧。

——她甚至沒有想像過，搬過來才短短三年，丈夫就撒手人寰了。

丈夫在四十五歲成了不歸人。老街的老房子裡，只留下順子和貴惠。

「這是要我怎麼活！」

貴惠甩著一頭灰髮，不是哭泣，而是怒不可遏。

「兒子居然丟下我先走了！這是叫我怎麼過下去！」

貴惠有房子，也有年金，但當然還是會對往後感到不安吧。

而且那個時候，貴惠的膝蓋惡化，必須依靠拐杖才能行走。在交通不便的地方都市，上醫院需要開車，但貴惠沒有駕照。沒有人接送的話，就只能拄著拐杖走上大老遠的路搭公車。貴惠有各種慢性病，看診的醫院不少。就醫加上採買，只靠膝蓋不好的貴惠一個人，生活困難重重。

「走到公車站，上下公車，然後還要再走，這我怎麼撐得下去？絕對會讓膝蓋變得更糟，要是比現在更糟，連上醫院都沒辦法了，也不能去買東西了。」

我辛辛苦苦把你養到這麼大，你這樣對得起你媽嗎！貴惠怒不可遏。

「總有辦法的。」大姑久美含著淚對貴惠說。「也只能想辦法了。不要罵良一了，他太可憐了。」

「可憐的是我！虧我這麼用心把他養大！」

叫我這把老骨頭以後怎麼辦？丟下我一個人，是要我去死嗎？貴惠哭得呼天搶地。妳也是，眼裡只有夫家吧？嫁出去的女兒，潑出去的水！

媽還有我啊——順子情不自情，對陷入狂亂的貴惠說了這句話。

貴惠登時住了嘴，凹陷的眼睛看向順子：

「……順子，妳沒有要回娘家嗎？」

「我不能丟下媽一個人。」

「這樣。」貴惠說，停止了沒完沒了的牢騷。

「小順。」久美把順子叫到暗處。「妳的心意我很感激，可是最好不要。妳絕對會吃苦的。」

她強硬地說，又說：

「媽的個性，妳也不是不知道。就算兒子死了，她擔心的也只有自己。要是妳在這時候心軟，小順，妳絕對會後悔莫及的。我會想辦法的，妳不要擔心。」

久美這麼說。聽到這種話，順子更沒辦法拋下這個家了。

「姊才是，妳自己就夠辛苦了，還要照顧媽的話，絕對撐不住的。」

聽到順子的話，久美支吾起來：「是這樣沒錯啦……」

久美的夫家是開零件工廠的，久美是會計的重心。公公因爲年輕時一場意外，必須坐輪椅，婆婆又在一年前搞壞了腎臟，必須洗腎。孩子們要大考了，久美一邊工作，一邊協助公婆生活起居，還要照顧孩子。這種狀況，根本不可能把貴惠接過去生活。就算接過去，也只能送進養老院，明知道這種狀況卻撒手逃離，順子實在良心不安。

做家事、上班、接送婆婆去醫院，這些本來就是她的生活。貴惠還不到需要照護的程度，而且貴惠膝蓋惡化後，順子的工作也從正職轉爲計時人員了。如果待在家裡覺得悶，增加工作時數就行了。貴惠的冷嘲熱諷，她也習慣了。所以她才決定攬下照顧貴惠的職責。

葬禮後，她把擔心「眞的可以嗎」的久美送到車站。要是遇到什麼困難，隨時都跟我說，我會盡量設法的。順子目送這麼說的久美上車，回到家後，貴惠的第一句話是：「可不是我求妳留下來的。」

「我本來還以爲終於可以不必勉強跟妳住，樂得輕鬆了。」

貴惠嘴唇扭曲，看著順子。

「我知道，妳是沒地方去吧？妳家留給妳哥了嘛。既然妳無處可去，我就勉爲其難收留妳，不過妳可要記住，媳婦沒有繼承權。」

「我知道。」順子回答。

良一不在了，順子和貴惠已經是無關的陌生人，但她沒辦法拋下貴惠離開。她覺得要是這麼做，丈夫一定會難過，所以才留下來。

——這是我自己的決定。

順子這麼告訴自己，但她忘了，良一已經不在了。

從職場趕回家煮飯，卻被嫌難吃。尤其是貴惠不熟悉的菜色，她一定會抱怨。但過去本來就是這樣。這種時候，良一就會說：「會嗎？我覺得很好吃啊。」還會說：「下次再煮喔。」

良一不在以後，順子才體認到良一的話對自己是多麼大的救贖。同時也理解到良一對貴惠發揮了多麼大的抑制力。

——這什麼鬼東西？難吃！

——妳是嫌麻煩，亂煮一通是吧？

順子從未偷工減料，盡可能精心烹煮，但她從以前就不擅長主張自己的努力。她沒辦法為自己辯解，貴惠就乘勝追擊：妳就是笨，什麼都做不好。順子的廚藝本來就不算好。太鹹、太淡、太油、沒味道，每道菜都被貶得一文不值，甚至當著順子的面倒掉。

透過貴惠，順子學到世上有些人，就是純粹的惡意。

到就寢時間，順子想起須當天處理完的事。她延後洗澡，先去忙碌，結果洗澡水的加熱功能不知不覺間被關掉了。泡過溫涼的水準備就寢，才剛睡著，就被貴惠以小事爲由叫醒。貴惠還會故意弄髒衣物，或藉口清理，任意丟掉順子的東西。

隨著時間過去，貴惠的健康狀況每況愈下，對順子的態度也愈來愈惡劣。諷刺變成赤裸裸的唾罵，一點不順心，就大發脾氣。尤其手腳不靈活以後，她開始用拐杖隨手亂敲牆壁地面。對順子的要求與日俱增，逼她不得不辭掉工作，一天二十四時綁在家裡，爲婆婆東奔西走。貴惠的慢性病惡化，住院以後，也不管時間，想到就打電話回家，三不五時把順子叫去，還會在護理師和探病者面前毫不留情面地貶低她。妳就是在等我死掉對吧！妳偷了我的存款！我會生病，就是妳下的毒！內容愈來愈像妄想，把所有能罵的話都罵過之後，才終於嚥氣了。

——終於結束了。

看著婆婆的遺容，不由自主地這麼想的自己，讓順子覺得悲傷。

「小順，眞的辛苦妳了。」

趕到醫院的久美深深行禮說。

「因爲我們家的關係，把媽丟給妳照顧，眞的太對不起了。」

連久美的丈夫都這麼說，順子搖搖頭，說這沒有什麼。

「剛才我去向護理師道謝，她們說她們只是盡分內職責，不用謝，還說媳婦才是最辛苦的。」

久美這麼說，丈夫應道：

「既然護理師會強調分內職責，看來她們也吃了不少苦。」

「媽一定是任性妄爲，亂發脾氣吧。媽總是不分對象，抓到什麼人就埋怨不休。對外人都這樣了，眞不曉得小順多痛苦。接下來雜事我們會處理，小順妳盡量休息吧。」

久美的慰勞沁人肺腑。實際上，「終於結束了」的感慨也讓順子整個人陷入半恍惚。即使明白接下來還有一堆事要處理，也實在虛脫得厲害，身體無法活動。

順子聽從久美的好意，把醫院後續手續及大體運送交給他們，回家收拾起居間。打掃後，鋪上貴惠的被褥，虛軟地坐下，「往後何去何從」的迷惘浮上心頭。

順子是媳婦，沒理由留在這個家。得找份工作，搬出這裡才行。自己都這個年紀了，找得到工作嗎？即使有，能工作的時間也不長了，之後怎麼過下去才好？

——我知道，妳是沒地方去吧？

貴惠的話也不算錯。良一過世的時候，哥哥和嫂嫂都提過「妳搬回家裡吧」，但她明白不能把這話當眞。更何況她現在都這把年紀了，更不能去麻煩他們。

正當順子感到走投無路，久美帶著貴惠的大體回來，很快地，有人上門弔喪。附近鄰居都過來慰問順子，幫忙準備吃食茶水等等，令人感激。不曉得從哪裡聽說的，連前職場的同事和上司都來了，跟她說等告一段落，就回來上班吧，這也讓她開心極了。

溫暖的慰勞、溫柔的善意，這些讓順子總算想起，原來世上充滿了這麼多的溫情。葬禮結束後，久美說：

「我們會放棄繼承。是小順給媽送終的，媽的房子和存款，當然由妳繼承。」

「不能這樣——」順子說。

「媽那些存款，大半都是良一留下的。我們就扣掉喪葬費用，剩下都歸妳。」

「可是——」

久美對還欲辯駁的順子搖頭：

「妳願意留下來，我眞的很感激。因爲媽跟我先生還有公婆關係都很差。」

不過她跟誰都處不好啦——久美苦笑說。

「我先生跟公婆人都很好，要是眞的沒辦法了，他們應該是不會反對，但我眞的很不願意求他們幫忙，而且就算勉強把媽接過去，想也知道，她那種個性，絕對會整天罵天罵地，把家裡搞得雞飛狗跳。所以妳等於是救了我們，但也因爲這樣讓妳吃苦了，眞的對不起。」

在周圍溫暖的好意支持下，順子踏出了沒有貴惠的新生活。葬禮告一段落，順子回歸職場，但她花了好一段時間，仍難以適應再也不會再被囉嗦地指責、耍得團團轉。她尙無法接受，不管是時間還是勞力，自己的一切都是屬於自己的。

到了傍晚，順子就莫名地焦慮起來。明明沒必要，她卻急著趕回家，然而只有空洞等著她。站在廚房想煮飯，卻想不到要煮什麼。即使浮現各種菜色，也會想到「貴惠討厭那道菜」、「以前貴惠挑剔過這道菜」，自己打了回票。她告訴自己，沒必要顧忌那些了，卻想起過去總總，讓她失去煮飯幹勁，倒盡了胃口。

——犯不著當著人家的面倒掉吧？

被大剌剌地說「難吃」固然打擊很大，但良一死後，貴惠當著她面把飯菜倒掉也讓她痛苦極了。比起憤怒或悲傷，她整個人呆了：原來眞的有人做得出這種事。

——第一次被說「難吃」，是什麼時候的事？

大概是搬過來以前的事。剛結婚不久，盂蘭盆節還是過年返鄉時，她想要幫忙，煮了一道菜，貴惠說：「這什麼東西？眞難吃。」記得她還對良一說：「你媳婦都煮這種難吃的東西給你嗎？」當時公公和良一都替順子說話，但這話完全超出了順子的常識，她大受打擊。就是這時候，她悟出貴惠並未接納她。

——她到底是討厭自己的什麼地方？

她覺得，從良一帶她回家，說要娶她時，貴惠的態度就很冷淡了。還說了近似挖苦的譏諷，當時她還自我安慰，會這樣感覺，只是自己往不好的方向解讀了。雖然聽起來像挖苦，但婆婆應該不是那個意思，不可以惡意解讀。

——原來從一開始，全都是挖苦。

是從見面以前，就有什麼觸怒了貴惠的神經嗎？或只是單純因爲她是長男的媳婦？貴惠對一切都抱持敵意，唯獨對良一例外。她覺得與其說是貴惠疼兒子，更應該是因爲良一是長男，所以在她心目中是特別的。

——可是，都已經過去了。

順子這麼想，但一個人待在家，舉目的一切，都和痛苦的記憶連結在一起。那些傷痛還太血淋淋，無法苦笑著心想「也是有過那種事」來帶過。貴惠還在的時候，她只能全神貫注在從傷痛中保護自己，無暇顧及其他。而現在那些都成了回憶，卻無謂地想些「要是那時候我那樣說就好了」、「要是那時候我這麼做就好了」。同時她也滿腹疑問，爲何貴惠要那樣恨她？貴惠都已經死了，貴惠的蠻橫無理卻仍讓她窒息。

——根本還沒有結束。

明明貴惠都已經不在了。

順子這麼告訴自己，準備入睡，卻聽見「叩」的一聲。

是二樓臥室。走廊傳來堅硬聲響。她第一個想到的，是貴惠的拐杖的聲音。深夜，每當順子剛睡著了，貴惠就一定會吵著要上廁所。貴惠膝蓋不好，上下樓梯需要人攙扶。順子提議貴惠睡樓下，她也堅持不肯，故意算準順子上床睡覺的時間，吵著要她扶下樓。直到跌倒骨折，無法自力行走前，她都堅持要睡在二樓，就像故意跟順子作對。

——實際上也是在作對吧。

她撐著整個人趴靠在背上的貴惠下樓。吃力地走下樓梯後，貴惠的臉上總是浮現冷笑。上完廁所後，順子從背後環抱住貴惠，扶她上樓。貴惠雖然個子矮，但骨架很大，非常重。抓住順子的手總是毫不客氣，每上下一階，就要埋怨一句。膝蓋好痛、眞是不機靈、扶的動作太粗魯、走太慢、走太快。

——到底是對什麼死活看不順眼？

順子嘆氣的同時，又傳來「叩」的一聲。堅硬的聲音在門外——陰暗的走廊寂靜中迴響著。順子忍不住倒吞了一口氣，豎起了耳朵。不是心理作用。她確實聽到了。有人在那裡嗎?可是,是誰?

叩。第三次傳來的聲響,間隔相當獨特,聽起來就像貴惠的拐杖發出的節奏。

怎麼可能?順子想,這段期間那聲音也不斷靠近,就像貴惠正朝這裡走來。

——不可能。

那太過熟悉的聲音,讓順子混亂。

我是在作夢嗎?還是貴惠死掉,才是我在作夢?

拐杖的聲音在順子的臥室前停住了。感覺隨時都會傳來貴惠的聲音。

喂,起來啊!快點給我起來!快!

順子屏住呼吸,但沒聽到貴惠的聲音。

——停了?

順子正要卸下緊張,瞬間傳來「康」的敲門聲。順子在被窩裡縮起全身。康!康!有人在敲門。門外的黑暗中有人。那人使盡全力,用硬物敲擊著。然而卻感覺不到人的氣息,甚至沒聽見活動或衣物磨擦聲。

順子抱住棉被全身顫抖,聲音唐突地止息了。恍若無事一般,寂靜回歸。順子很想察看走廊,但實在不敢開門。她只能在原地不住地發抖。

——回想起來,這就是開端。

深夜的怪聲，後來也時不時持續著。如果嚴陣以待，就不會發生。一放下心來，聲音就突然出現——連這種地方都很像貴惠。怪聲反覆發生，順子漸漸確信就是貴惠製造的。

她疑惑這有什麼意義，但她在臥室門上裝了鎖。她不想為了門可能被打開而害怕。她開始讓走廊的燈開上一整晚。臥室裡也擺了不刺眼的小夜燈。

結果換成白天也開始傳出怪聲了。尤其是兩餐之間的吃藥時間，順子休假在家的日子，幾乎都一定會聽到拐杖敲打牆壁的聲音。

就在順子與怪聲苦鬥當中，年關過去，她和久美討論百日事宜，某天開車上班的路上，手機響了。因為她正在開車，沒有接聽，然而在等紅燈時瞄了螢幕一眼，發現上面顯示「媽」。

她頓時大驚失色。

——貴惠打來的？怎麼可能？

貴惠的門號早就解約了，不可能接到她的電話。順子告訴自己一定是看錯了，專心開車。鈴聲停了，是轉到語音信箱了，還是對方放棄了？順子正這麼想，手機又響了。她嚇了一跳，但刻意不看手機。抵達上班的醫院，檢查來電記錄時，手抖個不停。上面千眞萬確地列著「媽」的來電記錄。

連續三通來電紀錄。順子讓更衣室遇到的年輕同事看手機。

「會有這種事嗎？」

「不會吧？」英奈小聲喃喃。「這是妳過世的婆婆吧？門號已經解約了吧？那會不會是——新門號有人用了？是那個人打來的電話？」

英奈自己說著，卻也顯得懷疑。

「可是那個人怎麼知道須山姊手機號碼？應該是巧合，可是也太恐怖了。」

英奈問，要回撥看看嗎？但這實在太可怕了，順子不敢這麼做。她把手機收進置物櫃，換上白袍。到了午休時間，她想脫下白袍，打開置物櫃查看，發現手機上是滿滿的未接來電紀錄。

「咦？又有了？」

應該是看到順子的模樣而察覺了，英奈探頭過來。順子遞出手機，英奈滑動畫面：

「這也太誇張了……」

執拗的來電數目。

聽到英奈的提示，順子確定電話號碼，確實是貴惠的門號沒錯。從早上到中午，短短幾小時就打了二十七通。

「設成拒接比較好。太恐怖了。」

英奈在休息室教順子怎麼設拒接來電。聽到兩人的對話，上司關心：「怎麼了？」順子說明狀況。上司說：

「要回撥嗎？啊，不行，用須山妳的電話打很危險，用我的手機。幾號？」

「謝謝。」順子說出貴惠的門號。在順子和英奈關注下，上司撥了號碼。旁邊的順子和英奈也聽見了撥號聲。鈴聲響了幾下，接著中斷，一小段空白，然後傳出機械式的訊息：

「這個門號目前無人使用。」

「……咦！」

怎麼會？順子啞口無言，英奈也害怕地驚呼了一聲：「太可怕了！」

上司說：「不不不，不必這麼大驚小怪。」

「可是那個門號沒有人用吧？須山姊的婆婆已經過世了。」

「不是啦。」上司苦笑。「推銷電話常這樣啊。到處打電話推銷，但不想要對方回撥，就運用各種奸詐手法。比方說讓門號顯示爲已經解約無人用的門號。」

「是這樣嗎？」

「唔，應該是惡質的推銷電話吧。似乎很死纏爛打，最好設成拒接。」

上司這麼說，但順子依然毛骨悚然。雖然用手機設定成拒接，但順子的機種就算不會響鈴，還是會通知有來電。執拗的來電量超乎尋常。電話打來的時間也都是以前貴惠會打來的時間——醫院的探病時間，感覺這也別有深意，令人頭皮發麻。

貴惠住院以後，每天都打好幾通電話給順子。都是叫她立刻過去。我要那個、幫我弄這個、叫醫院怎樣——這些要求就像無底洞，一天把她叫去醫院兩三趟。要是順子正在忙，沒接到電話，貴惠就會執拗地連續一直打。

——爲什麼不接電話？

——意思是不管我了？

就算解釋，也無法讓貴惠氣消。

——接個電話是有什麼難的？

——還是妳故意不接？

不是——即使順子申辯，貴惠也聽不進去。她會打斷順子的話，罵罵咧咧地數落個沒完。不管說什麼，貴惠都聽不進去，解釋也是白費唇舌，順子只得死心。

回首過往，感覺她是因爲不想聽到貴惠的叫罵，而養成了凡事順她的意的習慣。而且順子本來就口拙，不擅長反駁對方。她是那種愈急就愈說不出話的個性，因此總是忍不住唯唯諾諾。或許就是這一點不對。如果她能好好地反駁，貴惠是否就不會變得那樣目中無人了？——順子想著這些，回到家裡，發現陰暗的屋子裡，室內電話通知有留言訊息的燈號閃爍著。

她早有預感。

順子也不開燈，注視著黑暗中如鬼火般閃爍的燈光。

保留語音上限是三十件。她提心吊膽按下播放，沒聲音——不，有聲響。是細微的雜音，和衣物磨擦麥克風般的聲響。窸窸窣窣，接著是嘆息般「嘶」的呼吸聲。吐氣聲，吸氣聲，偶爾摻雜著像細微哨聲的聲音。電話另一頭，有人正痛苦地喘息著。

——爲什麼不接電話？

——把我丟到醫院，就可以不管了嗎？

——妳一定希望我快點死掉算了吧？

感覺隨時都能聽到這些話，順子摀住了耳朵。痛苦的呼吸聲、衣物磨擦聲，最後一通打來的電話聲。

……不好意思，我還沒死啊。

順子還無法應話，電話就掛斷了。當時醫師早已告知貴惠只是在等大限了。順子一陣不安，趕到醫院，貴惠已經陷入昏迷了。

順子刪除了訊息。她刪掉全部的錄音，忍無可忍，把電話線也拔了。她從來不希望貴惠快點死掉，卻也不希望貴惠活下來，長命百歲。因爲她早已認清，不管貴惠活得再久、不管自己如何犧牲奉獻，貴惠永遠都不會接納她。

隔天，電話仍不停地打來。再隔天，順子工作早退，換了手機門號。

「我順便把室內電話也解約了，因爲應該用不到了。」

順子聯絡久美，通知換門號的事，久美回應「我知道了」，接著問：

「可是，怎麼突然換門號？出了什麼事嗎？」

「……沒事，也沒怎麼樣啦。」

順子一瞬間猶豫該不該說，結果還是含糊帶過。

「就推銷電話很煩……」

「這樣嗎？沒事就好。——工作怎麼樣？」

「很順利啊。」順子回答。雖然職涯有段空白，但她正在逐漸適應。兩人互道近況的時候，屋內某處傳來堅硬的「叩」一聲。

順子驚嚇地抽了一口氣，回望聲音傳來的方向——會客室那裡。傳來敲打牆壁的叩叩聲。

「小順，怎麼了？」

對話突然中斷似乎讓久美感到奇怪，她擔心地問。

「……沒事。」

順子這麼說，敲打聲卻愈來愈響。傳來用拐杖擊打牆壁的砰砰聲。

「小順，妳那裡有人嗎？」

「沒有啊。」順子否定時，聲音愈來愈激烈。是怒不可遏地亂敲的聲音。

「那是什麼聲音？」

「……不曉得耶。抱歉，我要掛囉。」

順子倉皇掛掉電話。聲音響個不停。順子覺得那滿含怒意的粗暴聲響毆打著自己。她小跑步穿過客廳，猛地打開隔間的門板。

聲音驀地消失了。室內空無一人，只是一個沒有照明的空洞空間。

「……妳到底要怎樣？」

不知爲何，淚水奪眶而出。

「妳到底要我怎樣？還不夠嗎？要怎樣妳才肯罷休？」

不管做什麼、甚至不做什麼，貴惠就是不爽。居然還以爲或許兩人能彼此妥協，自己真是傻到家了。

貴惠憎恨順子。

「……我也恨死妳了！」

沒有任何回應。

寒冷的季節，順子在貴惠的聲息伴隨下一同渡過。雖然換了門號，但貴惠的來電依然故我。都已經把聯絡資料刪掉了，卻仍會接到顯示「媽」的來電。吃藥時間一到，牆壁就會響。三更半夜頻繁響起拐杖敲打的聲音。順子已經不怕了，不予理會，於是敲門聲頻頻大作。她被吵得睡不著，爬出好不容易被體溫溫暖的被窩開門。然而開門一看，寒冷的走廊上只是一片寂靜，悄無聲息，就彷彿只要把順子從被窩裡挖出來就甘心了。若是把房間弄得暖烘烘，嚴陣以待，就不會有任何動靜。

——也太絕了。

「就是要跟我作對就是了。」

順子開始愈來愈常對著虛空說話。

「……就跟現在一樣。妳就是不想讓我睡覺，才會吵著要去廁所對吧？」

百日結束，季節開始邁向春天，但順子覺得自己的心反而日漸凍寒。

「我從來沒見過像妳這麼邪惡的人。」

所以才會連一個朋友也沒有。親戚也不跟她往來，鄰居也對她敬而遠之。

「沒有人同情妳，爲妳的死哀悼。連女兒都沒爲妳掉一滴眼淚，妳眞是夠淒慘、夠可憐。」

順子喃喃說著，鑽進被窩裡。儘管春意漸濃，老屋裡卻寒冷徹骨，就算蓋著被子，肩口也冰冷極了。好不容易開始打盹，走廊傳來「叩」的一聲。

我才不起來。誰理妳。

順子不理會，有人開始敲門。她蒙上被子，蜷起身體。

——要吵儘管去吵。

順子想靠意志力入睡，卻睡不著。沒多久，敲門聲停了，但情緒過敏，心中煩悶的怒意阻礙了睡意。她反覆打盹又清醒，最後鬧鐘聲讓她放棄睡眠。這天早上冷得就像冬天又回來了，烏雲密布的天空更催化了憂鬱的情緒。

順子穿好衣服走出臥室。不知不覺間，門板還有門前的走廊都布滿了傷痕。陳舊的表面被刮掉，露出底下鮮嫩的木頭色。

——這要持續到何時？

第一次接到電話時，她忍不住拿給職場的人看了，但後來繼續接到電話的事，她沒告訴任何人。她不想被人覺得奇怪，而且就算別人相信了，感覺也像在自曝家醜，讓她感到顧忌。因爲不想被發現，她繃緊神經。就算把手機留在置物櫃工作，心頭也窒悶不已，無端疲倦。順子年紀也大了，她實在不認爲這種生活能一直持續下去。

她也考慮辭掉工作，賣掉房子，搬到沒有任何羈絆的新天地生活。但如果順子賣掉房子，嫁出去的久美就失去了娘家。留下的牌位和墓地要怎麼辦？現在再丟給久美，也讓她感到過意不去。

順子鬱悶地想著，走向樓梯要下樓。她在陰暗的樓梯一階一階往下走，這時突然有東西撲向背後。順子整個人失去平衡，但用力抓住扶手，好不容易撐住了。

差點摔下樓——幸好沒摔下樓。順子確定自己的狀況，心跳猛然加速。同時背部整個沉甸甸的。有什麼冰冷沉重的東西壓在背上。像人一樣柔軟，卻冰冷得不可能是生物。帶著濕度的冰涼氣息吹上後頸，分量十足的重量壓在肩上。轉過去察看的視野中，躍入枯枝般細瘦、布滿皺紋的手。

……我還沒死呢。

彷彿聽到了聲音。深夜裡，她一次又一次支撐著這身重量下樓，同時被咒罵著：太快了！太慢了！

「妳有完沒完！」

順子扭身想甩開背後的重量。兩隻手掐進去似地揪著自己的肩頭，觸碰後頸的乾燥肌膚觸感冰冷。順子瘋狂地想扯下那隻手——腳底板從階梯上一滑。

啊！驚覺的時候，順子的身體已經往下墜了。

——妳還好嗎？

好像聽到聲音，回過神時，順子人在醫院的治療室。須山女士，有人叫她，她望過去一看，護理師正探頭看著她。

「妳還好嗎？妳叫什麼名字？」

「……須山順子。我怎麼……？」

順子從樓梯摔下去了。頭部應該受到了撞擊。頭痛得很厲害。自己是怎麼跑來醫院的？她還來不及問，就被送去照電腦斷層了。照電腦斷層，接著打點滴。從開的藥來看，應該是腦挫傷。她被開了降低腦壓的藥。

被送進病房，英奈在那裡。順子完全沒有記憶，但她似乎是自己從皮包裡找到手機，打電話給英奈。她是向英奈求救，還是想請她幫忙請假？聽說英奈接電話時，順子只能呻吟，說不出話來。

英奈察覺不對勁，趕到順子家，按門鈴也無人應答，所以她叫了上司，上司幫忙報警。破門而入時，發現順子倒在樓梯底下。

「一定把妳嚇到了吧，對不起。」

「我眞的嚇死了！可是幸好不是什麼重傷，太好了。」

醫師說，雖然有輕微的腦挫傷，但傷勢並不嚴重。

可能是上司聯絡的，傍晚時分，久美遠路迢迢地趕來看她。順子住院了三天，由久美把她帶回家。那天晚上久美留下來照顧，隔天回家了。臨去之前，久美不安地說：

「小順，妳是不小心失足掉下去的吧？不是被人推下去的吧？」

順子嚇了一跳：

「怎麼會？當然是我自己不小心摔下去的啊。」

「……就是說呢。」

久美神情複雜地微笑。

「妳怎麼會說這麼奇怪的話？」

「沒有啦，我想太多了。」

說完後，久美目不轉睛地看著順子的臉：

「小順……妳房間的……」

說到一半，她突然搖頭：

「……抱歉，沒事。不可以勉強自己喔。醫院說妳可以暫時休息不用上班，所以妳要在家好好休養喔。如果覺得不舒服，一定要打給我。拜託。」

「謝謝。」

順子笑著目送，但在計程車裡回頭的久美，表情極度不安。

久美在不安什麼？回歸職場後接下來的休假，順子得知了答案。休假前一天，久美打電話來。她問順子隔天的休假有沒有事，她說沒有。

「那，我請我找的人過去。或許妳會覺得奇怪，不過別見怪，陪他一下吧。」

「……妳找的人？」

「嗯。對不起，我實在掛心不下。不會給妳添麻煩的，拜託見一下那個人。」

久美說得含糊不清。順子一頭霧水地等待客人上門。在久美指定的時間上門的，是一名年輕人。

——營繕屋　茹萱

年輕人自稱尾端，遞出印著這幾個字的名片。

「……營繕屋？」

「我幫人修理建築物。您大姑說想爲您翻修這棟屋子。」

順子吃了一驚。她不明白久美怎麼會想要這麼做。順子一面請尾端入內，一面表達不解，尾端說：

「我想您大姑可能誤會了。」

「誤會？」

「不知道爲什麼，我常接到一些案子，都是有人過世而出現問題的房屋。」

順子一驚。

「您大姑很擔心您。因爲您受傷，讓她非常擔心。」

「……對不起，我不明白……」

「我聽說您從樓梯摔下受傷。您說是失足滑落，但您大姑認爲另有原因。」

「難道她跟你說我是被推下樓的……？」

久美問過她這件事。

「不是這樣的。」順子連忙澄清。「眞的是我自己不小心掉下去的……」

尾端微微側頭：

「您大姑說，原因有可能是您過世的婆婆。」

「……咦？」

「她說就算不是您婆婆把您推下去的，也可能是導致您摔落的原因。她說她覺得母親現在還在這個家裡，證據就是，屋子裡到處都是敲出來的傷痕。」

順子說不出話來，看著尾端。尾端撫慰地微笑：

「府上辦了百日法事，對吧？她說那時候看到屋子裡以前沒有的傷痕。她說母親生前都會用拐杖敲打屋內各處，現在母親都過世了，那些痕跡卻增加了。」

原來久美發現了？順子心想。

「這讓她掛意得不得了，結果您就出事了。她過來照顧您，發現痕跡又更多了。您住院的期間，她也和您職場的人聊過，聽到您接到過世婆婆打來的電話。」

「……是有這種事……不過也沒有怎麼樣。」

「她說以前跟您講電話時，聽到敲牆壁的聲音。」

順子側了側頭想起來，以前和久美講電話時，會客室傳來聲響。

——久美問那是什麼聲音。

「原來是這樣。」順子喃喃說。「……她聽出是什麼聲音了呢。」

尾端點點頭：

「她說母親一發脾氣，就會用拐杖敲牆壁，就是那種聲音。然後她聽到風評，聯絡了我。」

說完後，尾端爲難地微笑：

「——不過我並非靈異人士，也不是祈禱師，只是個木匠。」

順子感到訝異不解，尾端說：

「我想您大姑可能誤會，就類似風水或什麼，以爲我可以透過修理房屋來解決怪事，不過沒有這種事。我只能修理好屋子的損傷。我解釋過，但難以讓她理解。」

尾端苦笑著嘆氣說。

「呃……我不是很懂，不過就像如果廁所位在鬼門的方位，會影響運勢，所以要移到別處，類似這些嗎？」

「我也不會看屋相。」

尾端說，端起順子端來的茶杯，看著杯裡說：

「我認爲，屋子有時候會因爲過世的人留下的思念而出現問題。發生問題的理由有很多，但有時把屋子修好，問題就會消失——不過並不保證絕對就會消失，而且無論是直接或是間接，如果屋子並未造成影響，就無從修起。」

順子大大地嘆了一口氣：

「我……還是不太懂。是啊……我想過世的婆婆還留在這個家。可是跟建築物無關。婆婆就只是單純地恨我，所以死了以後還是要折磨我……」

「您們婆媳關係不好嗎？」

「也沒什麼好壞可言，」順子喃喃說。「婆婆就是對我看不順眼。不管我做什麼，甚至不做什麼，都會惹她生氣。我覺得這不是房屋的問題。」

順子說，環顧陰暗的房間。

「與其翻修，直接搬走應該比較快呢。……或許婆婆也希望我滾出這個家。」

貴惠說順子沒有繼承權，實際上也沒有留下任何東西給她。

「既然這樣，我搬出去，是不是就能擺脫婆婆了？這裡又老舊又陰暗，我已經受夠了。雖然想過租個光線明亮的地方搬過去，或許就能海闊天空，但總覺得就算搬走，婆婆還是不會放過我。」

「這樣啊。」尾端說。「確實很陰暗呢。您都不開窗簾嗎？」

「我不想。」順子說。「我不想看到木蓮。看到木蓮的花苞就讓我憂鬱。」

「憂鬱？」

順子苦笑，說出婆婆叫她割草的事。只要草稍微一長，就大呼小叫，彷彿那是某種罪惡。

「但如果不噴殺草劑，或是連根拔除，雜草永遠都清不完吧？」

聽到尾端這話，順子說：

「我也這麼想……但婆婆堅持只能用割的。」

順子也說過拔草後會好好地把地面勻平，還提議乾脆種草皮。她也曾偷偷拔掉雜草，種上好看的植物。

「但結果都只是惹得婆婆大發雷霆。」

妳就只會像那樣偷懶！貴惠怒吼，當著順子的面，把那些植物全部拔掉踩爛。

「這……好偏激呢。」

尾端驚訝地說。

「她對花草沒什麼興趣吧。我只覺得被踩爛的花草好可憐。」

順子喜歡蒔花弄草，在以前住的地方，總是把庭院打理得美侖美奐。剛搬來的時候，她擺過幾次盆栽，卻總是馬上就消失不見了。

「婆婆說是被偷的，但誰知道呢？還有一次，盆栽整個被打破……」

貴惠說是踢到打破的，但素陶缽只是被人踢到，不可能破掉。要是踢到的力道足以讓花盆打破，那個人一定也會跌得很慘。

「之前庭院的回憶，就只有我帶來的山茶花。」

「是不喜歡看到媳婦對上一個家念念不忘嗎？」

「……我也不知道。」

為何要做到這種地步？根本的原因到底是什麼？

「或許根本就沒有什麼理由。因為外子第一次帶我來打招呼的時候，婆婆看起來就不喜歡我。我也覺得她就是討厭媳婦吧。」

「常聽到這種事呢。」尾端溫和地說。

「是啊……是常有的事呢。可是，大部分都會隨著時間過去，彼此妥協，變成一家人——我原本這麼以為。」

順子嘆了一口氣。

「我也聽說過，小孩出生以後，婆媳自然就會處得好了，但我和外子終究還是沒有孩子。不過，婆婆雖然會催，但看起來也不像那麼熱切地想抱孫子……」

貴惠看起來像是覺得兒子娶了媳婦，下一步當然就是抱孫子。對於沒有得到自己理應要有的東西，她感到憤怒。順子聽過貴惠太多的指桑罵槐、怨天尤人，貴惠也曾繞著圈子說，良一乾脆娶個新媳婦好了，但從來沒看過貴惠對別人家的孫子說可愛，或是期盼也想要有個孫子寵的樣子。反而是對附近鄰居說的「孫子很可愛喔」嗤之以鼻。

「我不太能想像婆婆疼愛什麼人的樣子……雖然這或許是我惡意的觀點。」

「您的婆婆非常難相處呢。」

尾端說，順子含糊地微笑：

「先不論好不好相處，那段時間眞的很難熬。」

這塊土地是老街，仍保有守舊的家庭觀。長男就是要繼承家裡、奉養父母，媳婦就是夫唱婦隨——但順子的故鄉也是如此，因此她不覺得這有什麼不對。順子自己也有著相同的觀念，把和公婆同住及照顧公婆都視爲天經地義。

「我覺得這些都是理所當然，所以也不想賣什麼人情，但不僅沒有被感謝，甚至還被怨恨到死，眞教人情何以堪。」

貴惠死後依然折磨著順子。到底爲什麼要憎恨、仇視她到這種地步？實在太沒道理了，順子憤憤不平。

「現在我會想，我應該要吼回去。反正她都那麼恨我。還是丟下一句『我不管妳了』，離家出走？如果我說『妳自生自滅吧』離開這個家，她會什麼表情？」

貴惠會傻掉嗎？會想起要是沒有順子，自己根本過不下去，焦急萬分嗎？如果看到她那種反應，或許會感到心頭暢快。儘管這麼想，順子卻無法想像。明明若是貴惠暴跳如雷的模樣，她可以輕易想像。

她想著這些無謂的念頭，尾端唐突地說：

「要不要換掉窗簾？」

順子呆掉，回視尾端。尾端微笑著看順子：

「就算只有這個房間也好，把牆壁換新吧。接下來天氣要開始變熱了，順便加上隔熱材，感覺會很不一樣。」

這個人到底在說什麼？順子正啞然無語，尾端說：

「難得有了自己的家，不要再想這裡過去發生過什麼事，試著把目光放在往後要在這裡過著什麼樣的生活如何？」

「過著、什麼樣的生活……？」

重複尾端的話，順子發現自己完全沒有任何想像。她想著必須工作、必須生活、必須設法熬過去，卻不曾思考過自己想要過著怎樣的生活。

尾端對茫然的順子微笑，就像要慰勞她：

「至少漆個牆壁，換個顏色如何？也可以爲家具上色。然後趁這個機會，稍微整理一下家裡的東西吧。要丟掉大量的物品很辛苦，但我有熟悉的廢棄業者，可以幫忙。」

順子忽然抬起頭來，重新環顧和尾端坐在一起的客廳。老舊的房屋、滲透的污垢、陰鬱的黑暗盤踞室內。印刷合板牆的木紋一看就壓迫感十足，老家具每樣都顯得窮酸。

——至少如果是白牆的話。

家具也是，如果是更簡單清爽的樣式的話。窗簾也是，不是污漬斑駁、死氣沉沉的款式，如果是質地更輕盈、顏色更明亮的款式的話。

短短一瞬間，順子感到雀躍起來，但隨即又消沉下去。就算表面弄得漂漂亮亮，貴惠還是在這裡。她不會放過順子的。

「您說看到木蓮的花苞就感到憂鬱。」

「對。」順子垂下頭。貴惠的惡意滲透家的每個角落，現在仍束縛著順子。

「這裡充滿了過去，所以會觸景生情，如果是痛苦的記憶，每當回想起來，就會萌生怨恨，這是當然的。可是——會不會是您的憤怒，把婆婆綁在了這裡？」

「咦？」順子輕呼，回視尾端。

尾端平靜地微笑：

「坦白說，人死後會怎麼樣，我不知道。鬼魂是否存在、如果存在，是怎樣的事物，我也不太明白。不過，如果是強烈的怨恨或遺憾——是這類強烈的感情讓靈魂留在世上，那麼生者對死者的強烈感情，不也會把靈魂綁在這個世上嗎？」

說完後，尾端微微側頭說：

「須山女士對過世的先生有沒有不滿？有沒有吵過架？」

「這……夫妻小吵當然是有。」

「就算當時生氣，最後還是能夠釋然，這是爲什麼？」

「……因爲時間久了……而且外子也會向我道歉，或是表現得很抱歉……」

「因爲許多原因，讓妳氣消了？」

「是啊……」

「氣還沒消，又發生了讓人氣憤的事，怒意又會捲土重來呢。永遠無法平息。」

「對。」順子點點頭，接著驚覺一件事。因爲還沒氣消，又發生討厭的事，因此怨怒就像滾雪球一樣，愈來愈大。

順子與貴惠之間，燃燒著名爲嫌隙的火焰。

貴惠不斷地以惡意火上澆油，而現在順子則是以記憶繼續爲它添柴助燃。

「起居室這裡沒看到傷痕呢。」

尾端說，因此順子指示會客室。

「是那邊，還有二樓……」

「我可以看一下嗎？」尾端說，於是順子帶他前往會客室，打開門板。因爲不想看到窗外，室內窗簾緊閉。房間還是一樣空蕩蕩，貴惠的殘渣像塵埃般積累著。

「好嚴重啊。」

尾端說，觸摸牆上的傷痕。

「每到吃藥時間，她就會敲牆壁。」

「雖然壁板本身應該本來就老朽了。不過，下手眞的很重呢。」

「是啊。」

「可是，這些痕跡沒必要永遠保留下去吧？」

尾端說著，拉開黯淡的窗簾。陽光射入房間，飛舞的塵埃晶瑩閃爍。

「看得到天守閣呢。」

尾端望向窗外說，回頭看順子：

「重新整修過後，這房間一定會很不錯。它位在西南角，光線明亮，而且接下來的季節，木蓮會開花，花謝之後，茂密的葉子可以遮擋西曬。」

「木蓮花……」

這時，順子才回想起搬來的那個春天，隔著白木蓮的花看到黑色的天守閣時，她心想：好美的景色。

「樹下有些冷清，若是有接下來會開花的灌木之類的就好了。」

順子來到尾端旁邊，望向白木蓮的根部。會開出白花的老樹。都說木蓮長成大樹，開出來的花就會變小，但順子比較喜歡這種尺寸的花。樹下是草地，看上去很乏味。確實，若是有一些低矮的花木點綴，氛圍會大不相同吧。

「接下來季節的話，繡球花應該不錯。」

尾端說完，靦腆地笑道：

「不好意思，只能想到這麼普通的花。我對花草不是很內行。」

「……您知道金絲桃嗎？」

順子問，尾端露出不知道的表情。

「也叫金絲梅。這種灌木枝條稍微下垂，從梅雨到夏天，會陸續開出黃色的小花。雖然要看品種，但秋天會結出漂亮的果實，葉子也會轉紅……」

順子說著，露出微笑。

「我在搬來這裡以前的家種過。照顧起來不麻煩，日蔭處也長得很好，是很棒的花。」

「很不錯呢。」尾端說，瞇起眼睛。

「不過花只開一天，不適合剪下來插。」

「可以在庭院欣賞自然的花，很奢侈呢。」

「是啊。」順子點點頭，看了庭院片刻後說：

「……從今以後，時間到了，她還是會敲牆壁吧。」

順子喃喃說，聽見尾端淡淡地回應：

「應該吧。如果您婆婆想吃藥，燒炷香給她如何？」

「跟她說：吃藥了？」

「對啊。」尾端笑道。「要是再接到電話，就在心裡面想：對不起，我已經不能接了。如果她做了讓妳不舒服的事，就回絕說：不可以。既然不可以的事，直接告訴她不可以，也沒什麼不行吧？」

——或許眞是如此，順子心想。

「……可是，我不想要新牆壁又被敲壞。」

「我隨時都可以來修。售後服務。」

這是我的工作嘛，尾端笑道，順子微笑，說，謝謝。

「在這樣的過程中，一切都會過去的。只要放眼未來，繼續走下去的話。」

尾端說。

「所以，先改變自己的心境吧。」

順子點點頭。

展望接下來要如何生活，往前走下去。不管待在這個家，還是搬出這個家，記憶一定都無法抹滅。她一定會不斷地想起，感到痛苦。但痛楚的稜角終究會被磨礪

# 扭曲的家

——十二分之一。

這就是彌生的世界。

雨中，她一手撐傘，另一手抱著沉甸甸的包袱，裡面包著木盒子。雖然沒有颱風，但雨勢很大，鞋子和腳都完全打濕了。

離家時還是陰天。她推估就算下雨，雨勢也大不到哪裡去，只帶了一把摺疊傘就出門了，但偏偏不算長的路上，就下起了大雨。摺疊傘無力充分抵擋雨勢。腳不用說，連抱著木盒子的手都濕了。

土牆連綿的石板路，古老城下町老舊的一區。左右延伸的土牆裡都是寺院。宗派各異的寺院，在鋪滿石板的道路兩側並排著。

她猶豫是否改天再來，腳卻機械性地動著，決心尚未鞏固，目的地的山門已經映入眼簾。登上石階，穿過山門。偌大境內纖塵不染，綠色植栽被雨水澆淋。

彌生不是走向本堂，而是前往住家部分的庫裏。開放的泥土地房間裡，蚊香的煙霧裊裊繚繞。

「有人在嗎？」

彌生出聲，玄關旁的房間立刻冒出一名年輕僧侶。是處理寺院各種行政工作的役僧智章。

「啊——早瀨小姐。」

「承蒙關照了。」

彌生行禮說。

「您要供養嗎？」

「是的。」彌生點點頭，把包袱擱到比玄關矮一階的式台上。解開包袱巾，把裡面的木盒子遞給智章。

「我可以打開來看嗎？」

「請。」彌生回應，在智章打開盒蓋的時候，從皮包裡取出包好的布施。

木盒子漆成柚木色，但蓋子只是塊合板。是用來在送到寺院的路上暫時遮蓋的東西，所以沒有上漆，切口也沒磨平。只把裁切的板子用膠帶固定在上面。

智章撕下膠帶，輕呼了一聲：

「您每次送來的東西都好驚人。」

智章把開口朝上的盒子橫放，盒中的「世界」回歸上下秩序。

木盒子裡是一個小房間。磚灶、調理台、餐櫥櫃、餐桌椅。大小都是十二分之一縮尺。椅子上坐著兩個小孩，穿圍裙的母親站在餐桌旁。

「麻煩您了。」

彌生遞出布施，智章恭敬地收下，說：

「呃……真的可以燒掉嗎？這是娃娃屋對吧？總覺得很可惜。」

「沒關係。反正也沒地方放。」

「送人呢？」

彌生搖搖頭：

「這種東西沒有人想要，只是占空間而已。」

「這應該花了很多工夫吧。」

「是花了不少工夫沒錯……不過已經是很久以前做的東西了。」

「咦？」智章看向彌生。「這是早瀨小姐做的嗎？上次您送來的也是？」

看到智章吃驚的樣子，彌生也吃了一驚，但隨即想起這麼說來，智章進來當役僧，是約一年前的事。這是第二次拜託他供養娃娃屋嗎？在那之前都是交給住持。第一次來，是什麼時候的事了？

「難道這是早瀨小姐的工作？」

「不是。」彌生苦笑。「只是興趣而已。」

「興趣——這麼精緻耶？」

智章目不轉睛地端詳小房間。石板地、灰泥牆。老餐櫥櫃有整套餐具。掛在牆上的調理工具、銅鍋、餐桌上的麵包籃、吃東西的小朋友、在桌底下等著吃麵包屑的老鼠。

「請問……那可以把它送給我嗎？」

聽到智章這麼說，彌生一陣詞窮。這個要求太意外，她不知道該怎麼回答。

「燒掉太可惜了，我會好好珍惜的，希望可以送給我。」

彌生招架不住智章充滿熱情的話，無法說不。

——反正本來就打算燒掉。

「如果您那麼喜歡的話，請收下吧。」

彌生說，擠出僵硬的笑。智章開心道謝，把布施歸還彌生。彌生愣住，智章說：

「既然沒有要供養的話，就不能收。」

「也是呢……」彌生困惑地說，收下歸還的布施。

彌生辭別寺院，在雨中垂頭喪氣地踏上歸途。心胸有些煩悶。

對方說很可惜、想要，她覺得開心。但打算燒掉的娃娃屋繼續留存下來，讓她難以釋然。

一開始送去寺院的是娃娃。雖然有許多娃娃屋愛好家，但聽說在日本，娃娃屋裡不太會放娃娃。但是對彌生來說，娃娃屋就是娃娃的家。彌生連娃娃都是親手做的。她爲這些娃娃準備房間。房間多半是木盒子，在裡面擺上家具，精心布置。她很少做房屋形式的娃娃屋。最大的理由是，實在太占空間了。兩個房間會變成三個房間，然後從二樓擴建成三樓。現在彌生正在做一棟屋子，但它就像座小山，鎮坐在狹小的公寓住處裡。

……第一個做的娃娃是母親。

母親一定很勤奮，廚藝高明。彌生爲她做了廚房。媽媽對自己的廚藝引以爲傲，因此有許多廚具。鍋子、平底鍋、蛋糕模、刮刀、勺子。餐具一定也很多——她邊想邊增添細節。果醬和餅乾一定也是親手做的。她做了果醬瓶，做了陳列果醬瓶的層架。做著做著，疑問冒了出來：母親是在爲誰做菜呢？她做了一個男孩加進去。是個活潑調皮的小男生。然後做了妹妹。妹妹個性內向文靜，總是抱著熊布偶，不管是入睡還是出門，都要帶著她的熊寶寶。

做布偶的時候，彌生想到，小男生一定會把妹妹的熊寶寶藏起來，有時候還會搶過來亂丟。在小布偶身上做出破綻或脫線處，把原本編得一絲不苟的妹妹的頭髮弄亂一些。是被小男生扯辮子的痕跡。小男孩的惡作劇讓母親生氣，但她還是優先準備今天的晚飯。因爲父親突然說要招待朋友來家裡吃飯。

——不知道爲什麼會變成這樣。

她爲了打造一個幸福美滿的家而準備了娃娃，做著做著，卻會因爲一些細微的想法，讓景色開始扭曲。她只是想做個頑皮的小男孩，不知不覺卻變成了一個欺負妹妹的小暴君，母親成了轉身背對霸凌的兒子和被霸凌的女兒、封閉心靈的女人。不見蹤影的父親，應該是比兒子有過之而無不及的大暴君。他不顧家庭，對家中氣氛也漠不關心，只做自己想做的事。若是有人吵到他，就會露骨地不耐煩，甚至對妻兒拳打腳踢吧。

在花時間下工夫的過程中，娃娃屋漸漸扭曲、腐化了——彌生這麼感覺。然後彌生自己終於再也無法忍受，把娃娃屋送去寺院。

以前她會拆開丟掉。但只有娃娃，她實在沒辦法當成垃圾丟掉。所以她把臉或衣物重做，但一度蒙上暗影的娃娃，再怎麼想方設法，都無法恢復剛開始做時的溫暖氣質。只有丟掉一途，但因爲陰影太濃了，扔進垃圾袋讓她內心不安。所以才會立下決心，送到附近的寺院。幸好她找到願意供養娃娃的住持，從此以後，只要娃娃屋蒙上陰影，她就送去寺院。

對彌生而言，那個娃娃屋是腐化的家。然而智章卻說想要，讓她不知如何以對。她甚至質疑：把那種東西送人，眞的可以嗎？

——智章師父會不會覺得討厭？

彌生覺得很討厭。即使看著那娃娃屋，也只會激起不安，一點都無法感到安詳。明明是自己做的東西，卻總覺得邪惡不祥，不想留在身邊。

彌生懷著種種思緒，回到住處。住處有大小十個以上的娃娃屋在等她。放在桌上的大房子，以及堆在旁邊的木盒子。每個木盒子都是一個房間，各別住著娃娃。

她現在最喜歡的娃娃屋，是一個稍大的木盒子。木盒有立方體和更寬一些的大木盒，她喜歡的是大的那個。盒子裡區隔開來，分成建築物和庭院。庭院的牆壁貼滿磚頭，布滿爬牆虎。建築物是溫室——應該說是橘園。面對小庭院，有一排大窗戶，室內陳列著大大小小各種盆栽。有安樂椅和藤椅，父親坐在藤椅上看書，結果睡著了，母親在旁邊的安樂椅刺繡。小孩子在父母腳邊玩耍。這間娃娃屋還沒有蒙上陰影。現在她熱衷於以各種小植物點綴它。

這是一幅被綠意和繁花覆蓋、寧靜明亮的景色。心滿意足的父母、天眞無邪的孩子。彌生總是追求這樣的溫暖，而製作娃娃屋。

……然而。

堆疊的木盒子裡，有些已經開始腐化了。裝飾著聖誕樹的房間已經快不行了。

開始製作以後，已經超過一年了吧。最初應該是要打造寧靜虔誠的聖誕夜，然而每次一時興起，增添修改，就有某處不斷地扭曲。她爲了拂去陰影而修改，然而愈是修改，就愈遠離當初設想的美麗情景。

坐在暖爐前的老人，和圍繞著老人的孩子們。在冬夜講故事的爺爺，和膝下成群的孫子——明明應該是這樣的情景，現在看起來卻完全是害怕地等著被嚴厲老人斥責的孩子們。

或者只有自己這麼感覺？

扭曲的應該是彌生自己吧。彌生在一個冰冷的家庭中長大。她在彼此憎恨的大人中無所適從，因爲嚮往溫暖的家人，開始耽溺於娃娃遊戲，不知不覺，開始做起娃娃屋。但彌生沒有經驗過溫暖家庭。愈是修改，離夢想就愈遠，朝自己熟悉的景色靠攏。

……她覺得，一定就是這樣的。

下個休假日，彌生外出購物回來，發現公寓住處前站著一身墨黑法衣的男子。

「——智章師父？」

彌生出聲，正要按門鈴的智章回頭。

「早瀨小姐。」智章鬆了一口氣說，深深行禮。「不好意思突然打擾。」

「怎麼了嗎？」

智章再次行禮：

「前些日子謝謝您了。不過，娃娃屋還是依照早瀨小姐的意思燒掉了。」

聽到這話，彌生當下想到：智章果然也發現那個房間的陰影了。被發現是當然的，但還是感到有些失落。然而智章卻說：

「師父罵我，說施主希望燒掉供養是有理由的，不可以任意留下來。」

「嗯……」

「然而我卻提出違背您意願的要求，真是抱歉。」

「哪裡，不會。」

彌生說不出自己鬆了一口氣，還大失所望。她確實希望把娃娃屋處理掉，違反意願保留下來時也確實情緒複雜。但聽到有人說想要，她感到開心也是事實——

「然後，」智章支吾了一下，立下決心抬起頭。「如果——如果不會給早瀨小姐造成麻煩的話，可以教我怎麼做娃娃屋嗎？」

這實在過於出人意表的要求，讓彌生一時半刻反應不過來。

「如果造成麻煩，請您直說無妨。但希望至少告訴我準備哪些工具……」

彌生困惑地看著惶恐地這麼說的智章，指示房門：

「總之請進吧……雖然裡面很亂。」

智章怯怯地進入房間，立刻發出歡呼般的聲音。他目不轉睛地端詳沿著牆壁堆放的木盒子。

「這麼多！」

智章的表情就像個孩子，彌生忍不住露出笑容。

「我先放一下東西，師父請慢慢看。」

她說，把採買的東西收拾好，泡了茶。把茶杯放到矮桌上說「請用」，智章還在看木盒。

「每一個都真的好精緻。上次的娃娃屋也是，櫃子可以打開，抽屜裡面也都裝著東西，真的好驚人。」

「會嗎？」彌生說。

「每一個都好棒。尤其是這一個，我覺得特別好。氣氛非常安詳。」

智章指著橘園說。彌生想，果然感受得出來。

「感覺眞的很幸福、很溫暖。」

智章說完，害臊地笑道：

「不好意思，因爲我是孤兒。」

聽到這唐突的告白，彌生眨了眨眼。

「我的父母在我很小的時候就過世了，我在親戚家被丟來丟去，所以很嚮往這種溫暖的家庭風景。」

原來是這樣？彌生心想。智章害羞地笑，搖了一下頭，問：

「早瀨小姐是在哪裡學的？」

「沒有，完全自己摸索。兒時忘了在哪裡看到娃娃屋就有樣學樣地做。」

「太厲害了。」

「所以，我的做法應該是旁門歪道。一般也不是在這種木盒裡做……」

彌生說，指示占據了書桌的娃娃屋。一樓有兩個房間，二樓有兩個房間，上面還有閣樓，尺寸相當大。

「那種的才是正規的娃娃屋吧。」

「好大呢。」

「這種娃娃屋不可能放得下多少個，所以我都在木盒子裡面做，然後只做一個房間。這樣整理起來也比較方便。」

因爲都做一樣的尺寸，也可以堆疊。

「娃娃也是自己做的嗎？」

「對。」

「我覺得您的娃娃非常純樸，很有溫度。」

被智章誠懇地這麼說，彌生一陣羞愧：

「這是模仿德國赫維克公司的娃娃造型。不過赫維克公司的娃娃，頭和手腳都是木頭做的。」

彌生用針織棉布做頭和手腳，但基本造型是模仿赫維克公司的樸拙樣式。圓滾滾的頭上，有著小小的眼鼻嘴巴。頭髮是毛線，衣服是布製。身體裡放了鐵絲，因此可以自由擺出姿勢。

「娃娃屋用的娃娃，也有造型更寫實或更成熟的，或是可以換衣服……不過我喜歡這種感覺。」

「可是您做的家具和小物都非常逼眞呢。」

「是啊。」彌生點點頭。更卡通化一點，應該會比較適合這種娃娃。儘管這麼想，但到了製作房間的階段，彌生就會莫名講究細節。她討厭不能打開的門，抽屜也是，非要可以開關不可。窗戶也不喜歡只是在框上貼透明塑膠片，而是在框間夾上透明板，做成可以開關。

「我也不知道爲什麼，只要一開始做，就會特別在乎細節……」

「我覺得這樣的反差很棒。」

「謝謝。」彌生微笑。「我做任何事都是這樣，追求自己的講究，所以我想師父最好參考書本那些來學。」

彌生說著，打開旁邊的小抽屜。

「工具要講究起來，也是沒完沒了，不過基本上只要有一把美工刀就夠了。在做細活的時候，如果有筆刀會比較方便。其他的話，有支鑷子應該會比較方便。」

彌生說著，指著檔案盒說：

「材料主要是合板。牆壁和地板是合板再貼上紙。漿糊的話，傳統漿糊比較好用。家具那些，最初用輕木比較好上手。塗裝用的顏料，壓克力顏料很好用。」

「這些材料要去哪裡買？」

「居家大賣場，或是有賣模型的玩具店那些。」

「好的。」智章一板一眼點頭。「我看這裡都是洋樓，不能做日式房屋嗎？」

「可以啊。」彌生說。「我沒有做過，但應該可以。不過榻榻米很難做……」

「很難嗎？」

「榻榻米的表面，若是直接用藺草墊來做就太厚了，織目也太粗。」

說完後，她又說：

「對了，或許一開始買現成的材料包來組裝比較好。可以用網購的。我記得也有和風建築。」

「原來還有賣材料包嗎？」

「有啊。」彌生點點頭。「師父想做和風的娃娃屋嗎？」

「也不是和風……我想做普通的房子。隨處可見人家的起居室。」

智章羞赧地說完後，又說：

「您上次做的娃娃屋有老鼠呢，那是怎麼做的？」

「那是羊毛氈娃娃。用針戳刺羊毛做成的。手工藝用品店有賣材料。」

智章點點頭，又提出各種問題。智章心中描繪的，似乎是老房子的傳統起居間。自小失去父母的智章，嚮往的景象就是這樣的場所嗎？

「家具那些，實際模仿想做的東西來做就行了。縮尺是十二分之一。」

「──十二分之一？」

「娃娃屋的標準縮尺是十二分之一。縮尺統一，所以可以用現成的商品。」

「還有現成的商品嗎？」

「很多專門廠商喔。」彌生微笑。尤其在海外，市場規模就是這麼大吧。「從娃娃屋本身，到家具和小物都有。我的興趣是自己做，所以沒有買，不過有些公司推出極爲精巧、如假包換的陶瓷器，也有些公司販賣精細豪華的家具和衣飾。都是十二分之一尺寸，所以就算購買各家商品，也可以搭配得天衣無縫。」

「這樣啊。」智章喃喃道。「娃娃也是嗎？」

「是啊，身高差不多是一樣的縮尺。」

智章點點頭，吁了一口氣：

「做娃娃感覺很難呢。我做得到嗎？我幾乎沒有碰過針線。」

「也可以不要娃娃，只玩娃娃屋啊。」

「我希望裡面有娃娃。至少要有父親母親、小男孩和狗。」

彌生微笑：

「是智章師父、爸爸和媽媽嗎？」

然而智章卻搖搖頭說「不是」。他的視線垂至擱在膝上的手。

「我們寺院有位信徒失去了兒子和媳婦，還有孫子和狗。是在返鄉回家的路上遇到車禍，全都……」

彌生看著低著頭的智章。

「那位信徒之前來拜拜，非常開心地賞玩早瀨小姐的娃娃屋，一再撫摸小男孩的娃娃……」

彌生說不出話來了。片刻後，她說：

「……師父想要做娃娃屋送給那位信徒嗎？」

「是的。」智章點點頭。「我不知道自己能不能做到，也不曉得何時才能完成，但我眞的很想爲那位信徒做些什麼。因爲他們一家原本那麼美滿。」

智章喃喃說完後，又說：

「也可以買現成的東西拼湊起來呢。一間娃娃屋的費用，我也負擔得起嗎？」

「……要不要我來做？」

彌生忍不住脫口這麼說，說出口後自己嚇到了。彌生做娃娃屋，純粹是爲了個人的興趣，當然從來沒有送人，甚至不曾給人看過。

「只讓我做娃娃也好。請師父告訴我該做成什麼樣子……」

「不，這怎麼好意思？」智章慌忙說道。「可是，唔……」

他顯然亂了陣腳，接著問：

「……眞的可以嗎？」

彌生點點頭：

「那位信徒的孫子大概幾歲？狗是什麼品種？」

「請照早瀨小姐的意思去做吧。」

「可是……」

智章搖搖頭：「我覺得如果和眞實的家人太像，看了反而難過。有點像的程度應該會比較好。」

「或許呢。」

彌生點點頭，智章雙手扶地，低頭行禮：

「謝謝您。」

智章回去以後，彌生坐到桌前。一旁的盤子裡，尺寸恰好地並排著六個籃子，裡面各別裝著做到一半的小物。

彌生不會專心只做一個娃娃屋。理由之一，是爲了完成而全神投入的話，快看到終點時，就會開始急躁，做工變得粗糙。不只是房間，小物也是一樣。只要強烈地想要完成，最後的工序就會變得潦草。因此她會刻意同時製作多樣小物，來轉移注意力。不過數量要是太多，也一樣無法投入，所以她自己訂下最多六個的限制。

彌生看看籃子，拿起有雕刻的鏡框。把厚七公厘的檜木板，用線鋸在中間挖出四方形，留下約一公分寬的框。大小約是半張明信片。然後用雙面膠貼在大一號的木板上補強。大致上的雕刻已經完成，只剩下最後修飾。

不會持續只做同一間娃娃屋，另一個理由是想要思考的時間。要做成怎樣的房間？要做出怎樣的家具？動手的時候，更能專注思考這些。

彌生拿起和鏡框放在同一個籃子的砂紙，開始打磨雕刻表面。把砂紙摺起來，用折角來打磨。一邊用尖角細微地磨著，一邊思考娃娃的事。

父親、母親和男孩。在和風起居室團聚的三人。只有三個人，或許有點寂寞。彌生想要在他們裡面加入奶奶。彌生自己的奶奶是個心高氣傲的嚴厲老太婆，但是在思考娃娃的模特兒時，她想到的是同學家的奶奶。喜歡聊天、喜歡照顧人——彌生回溯著記憶，腦中忽然浮現捧著裝西瓜的托盆的身影。

——孫子返鄉的話，就會切西瓜給他嗎？

彌生覺得一定會。從這裡開始浮想聯翩，冒出暑假的意象來。在電影或電視劇裡看到的暑假情景。鄉下的奶奶家，西瓜、向日葵、捕蟲籠裡的獨角仙。

彌生自己沒有經驗過這樣的暑假。對她來說，暑假就是不能去學校，只能關在氣氛劍拔弩張的家裡的時期。每到返校日，她總是難受地看著同學們彼此分享假期間快樂的回憶。注視著耀眼對岸的寂寞岸邊——

娃娃們居住的地方是對岸。明亮溫暖的岸邊。

彌生雖然說「只讓我做娃娃就好」，但就算做出整個起居間也沒關係吧？還是智章想要自己做，送給信徒？

彌生想著，用畫筆拂拭磨好的鏡框。仔細地拂去細粉，用面紙擦乾淨。她打算漆成暗金色。從籃子裡取出四方形薄板，疊在挖空的地方，再裝上裁好的鏡子。

迷你模型製作鏡子時，多半使用鏡面加工的塑膠板或貼紙，但彌生討厭鏡像扭曲，都使用眞正的鏡子。像這樣多費一道工夫，完全不讓她引以爲苦。

把暫時組好的鏡子拿到娃娃屋。打開對開的前方牆面，建築物內部便展現出來。一樓在玄關廳兩側，有廚房和起居室。二樓則是從玄關上去的樓梯廳兩側，有兒童房和主臥室。彌生把鏡子擺到起居室的壁爐架上方看看。大小和設計看起來都很合適。與壁爐架也相當平衡。

這唯一一棟正式的娃娃屋，建築物結構已經完成，家具也擺飾得差不多了。坐在暖爐前面的扶手椅的父親、廚房的女僕、主臥的嬰兒床，還有探身看嬰兒的母親。嬰兒睡得香甜，兒童房裡，兩個小女孩正在玩洋娃娃。閣樓裡，幾隻老鼠正在享用大餐。一隻貓躲在堆積的木箱和行李箱後方，伺機而動。

彌生輕嘆了一口氣。這隻貓是不是太多餘了？

她想做斜牆和老虎窗，所以做了閣樓。東西雜亂堆積的景象很有趣，她做了木箱和老家具擺在裡面。但她想不到閣樓裡應該放什麼娃娃。家人都已經有了，她覺得再增加就太多了。但房間空落落的也很冷清，所以她做了老鼠加進去。她想既然要放老鼠，就弄成歡樂的景象，在餅乾空盒周圍放了幾隻，打造出老鼠用餐的情景。既然有老鼠，應該也有貓吧，她不假思索地做了貓擺在暗處，卻覺得因此搞出了莫名的緊張感。

家具擺設好了，必要的小物也都齊全了。不過大概還只有七成的完成度吧。牆壁還有許多空白，也幾乎沒有營造生活感的小道具，然而卻覺得已經開始扭曲了。

怎麼會這樣呢？彌生帶著嘆息注視著，忽然發現老鼠少了。她記得總共應該有六隻。四隻大老鼠，兩隻小老鼠。然而大老鼠卻少了一隻。

她檢視閣樓各處，卻只找到三隻大老鼠。因爲是用羊毛氈做的，沒什麼重量，但也沒輕到會被風吹走，而且彌生設置的物品都會固定。有些人好像就只是放上去，讓物品可以任意移動，這或許才是多數派的做法，但彌生只要決定好景色，就不會再移動。她也不會把家具或小物拿去別的地方繼續沿用，因此全部都用接著劑固定在位置上。

仔細查看，閣樓地板殘留著接著劑的痕跡。看來應該是本來在那裡的老鼠，不知道消失到哪裡去了。

彌生困惑地檢查整個娃娃屋，忽然覺得怪怪的，望向廚房。爐子上擺了一只濃湯鍋，女僕站在前面，一隻手伸到鍋子上，正要拿起鍋裡的湯勺，但之前另一隻手也在鍋子上嗎？

彌生正要把伸到鍋緣處的那隻手放下來，發現了一件事。

鍋子裡有老鼠。

「……咦！」

她忍不住叫出聲來。

以銅板做成的鍋子裡盛著濃湯。是用樹脂黏土做成湯料，再以樹脂固定。湯勺插在裡面。而湯勺的旁邊——

是從閣樓裡消失的老鼠。老鼠四腳朝天。原本貼在地板上的尾巴浮在半空中，看起來就像剛剛才被扔進鍋裡。

穿白圍裙的女僕看著鍋子裡。用棉布做成的圓臉、刺繡而成的渾圓黑眼、微紅的臉頰。造形樸拙而天眞無邪的那張臉，注視著被丟進鍋裡的老鼠。正因爲表情天眞無邪，這一幕更顯得邪惡。

「討厭，怎麼會？」

彌生連忙想從鍋子裡撿起老鼠。但鍋子口徑太小，只能插進一根指頭。她想用指尖勾出老鼠，但弄不出來，急得乾脆使勁把鍋子剝下來倒扣。老鼠滾了出來。

「……怎麼會？」

不可能發生這種事。如果發生了，就一定是有人故意丟進去的，但彌生一個人住，沒有人會拜訪。

——不，智章來過。

智章直到剛才還在這裡，但他沒有碰這棟娃娃屋。屋前的牆壁關著，如果他打開了，彌生不可能沒發現。

……如果不是智章，那是誰？

彌生呆呆地俯視著掌心上的老鼠。

剪斷鋁絲纏繞，彎曲塑形。彌生都用鋁絲來做娃娃的芯。鋁絲容易彎曲，不易生鏽。就算生鏽，也不會像鐵絲那樣浮現鏽色，滲透出來。她比對切割墊上印刷的測量尺，一邊塑形，一邊注意大小。

完成大致的形狀後，就像製作紙捻那樣，用薄和紙纏繞上去。包上和紙，是爲了讓鋁絲與棉花更容易貼合在一起。如果不先用接著劑包上和紙，很容易在幫娃娃調整姿勢的時候，鋁絲頭插出布料。

用棉花包裹鋁絲周邊，用針稍微戳刺幾下，使其緊實。頭部盡量做成渾圓的球狀，手腳則是稍微扁平的球狀。然後再套上縫合薄布而成的底布。平常她會再用皮膚色的棉織布包裹頭和手的部分，但這次她想把整條手臂和腿都包上棉織布。因爲是夏日風景，當然是穿短袖，而且舞台是日常生活，腳會從裙子底下露出來。畢竟又不是穿連腳踝都遮住的長裙。

「……怎麼辦？」

她覺得一般做法是是縫合棉織布做成皮膚，但她不想讓手腳露出縫線。有沒有什麼好方法？她在商店和網路尋尋覓覓，找到了所謂的內襯手套。是戴在橡皮手套等手套底下的棉織薄手套。因爲從一開始就是織成手套狀，所以沒有縫線。她蒐集感覺合用的內襯手套，挑選了最小號的。因爲只有白色，只能自己染色。用染色來呈現布娃娃的膚色，是常見的手法。她試了各種染色法，最後選擇用紅茶染。

挑戰各種新事物非常好玩。同時爲別人做娃娃令她樂在其中，連自己都感到意外。比起單純地思考要做什麼樣的娃娃，思考做出什麼樣的娃娃，對方才會開心，想像更豐富了好幾倍。

那是和風的起居室，有簷廊，庭院有牽牛花盆栽，有金魚缸。奶奶切了西瓜端過來，母親正在收拾矮桌。一家人大概才剛吃完飯。父親和小男孩正在觀察獨角仙嗎？還是正在跟狗玩？

彌生一邊想，一邊晾曬染好的手套，因為閒下來了，她一邊完成鏡框，一邊尋思。漆上金色，做舊，貼上鏡子，完成之後，打開娃娃屋。

這幾天她都沒興致打開，娃娃屋都是關著的。解開搭扣，將前方的牆壁左右開啓，露出屋子內部。她不經意地看了一眼廚房，鍋子依然是從爐上拿起的狀態。她心想得修好才行，把剛完成的鏡子裝到壁爐架上。鏡子完全融入，為起居室增添了華麗的氣息。

父親坐在壁爐架前的扶手椅。他無所事事，呆呆地看著半空。讓他看書還是讀報嗎？還是抽個菸斗？這樣比較自然，但彌生不喜歡讓娃娃拿東西。應該說，彌生做的娃娃，手就只是個圓球，沒辦法拿東西。若是要拿，就只能貼在手上，但彌生討厭這樣。

「……狗？」

加上一隻家犬如何？父親的腳邊，暖爐前面的地墊趴著一隻狗。應該是一隻大型犬，敬慕地仰望著父親，父親也慈愛地看著狗，伸手就像要撫摸牠。

這樣不錯，彌生對自己點點頭，視線轉向閣樓。

「……咦？」

閣樓地板的小餅乾盒，周圍的老鼠不見了。有一隻——本來就不見了。從鍋子倒出來以後，彌生覺得毛毛的，把它拿掉了，但應該還有大小共五隻的老鼠才對，然而牠們全都不見蹤影。找遍整個閣樓都沒看到，只留下暗處的貓。看看老鼠原本所在的位置，除了接著劑的痕跡外，還有點點紅斑。就好像用牙籤頭沾了紅色塗料，輕點上去一般。

彌生沒有做這樣的加工。她根本也沒有拿走老鼠。她驚慌失措，不經意地看向貓，發現黑白貓的鼻頭一片殷紅。

「……怎麼會？」

貓把老鼠吃掉了？不可能有這種事。貓只是娃娃。用針刺羊毛氈，戳成貓的形狀的，不可能自己動起來，也不可能抓老鼠。就算抓到老鼠，也不可能咬出血來。

彌生慌忙關上牆壁，手不住地顫抖。

在這之前，娃娃屋也曾在她無意識的情況下，景象變得感覺淒慘。但那都是彌生親手所為。明明沒那個意思，一個修改，卻讓娃娃屋變成了討厭的感覺，是這樣的現象。然而這次卻是她完全沒動，景色卻改變了。

住處只有彌生一人。難不成彌生外出上班時，有人偷溜進來？否則——

「……是我？」

是我自己做的，卻不記得了——？

怎麼可能？

隔天彌生出門上班時，再三檢查門窗確實鎖好了。她忐忑不安地下班，回家之後，第一件事就是檢查各處的鎖。每個鎖都好好的。通往陽台的落地窗周邊、玄關，每一處她都細心看過了，沒有人碰過的樣子。沒有人進來——確定這件事以後，她提心吊膽地打開娃娃屋。閣樓裡已經沒有老鼠了。點點紅漆依舊。沒有變化——她這麼想著，掃視整體，發現兒童房出事了。

房間裡，桌子和櫃子、玩具箱等都是精心製作。兩個小女孩坐在地毯上玩耍。她們應該在玩洋娃娃。坐在小椅櫃上的熊寶寶，還有躺在地上的安撫娃娃。這些娃娃現在四分五裂，頭被扯下來，身體被撕開，手腳斷裂，碎布和棉花散落一地。

——不可能。

彌生猛地闔上牆壁，牢牢扣上搭扣，把所有的布都拿來蓋上。她本想逃離房間，又回心轉意。她強烈地感覺要是離開住處，又會出事。再說，她無處可去。就算去咖啡廳或超商打發時間，遲早還是要回來。她害怕回來後再次察看娃娃屋。

打開難得會開的電視，讓根本不想看的節目播放著。聽著完全聽不進去的聲音，呆呆地看著木盒子。木盒那邊似乎沒有異狀。智章說他喜歡的橘園，還有聖誕節的盒子還是一樣散發出微妙的緊張感。坐在扶手椅上的祖父，雙手放在靠肘上的姿勢不知怎地顯得傲慢。相對地，坐在腳邊的孩子們害怕地仰望著祖父。

大概是——彌生心想。

想要讓祖父的娃娃閒適地休息而調整它，卻弄巧成拙了。她本來讓老爺爺的娃娃深深地坐在扶手椅，上半身躺靠在椅背上，但椅背的角度太斜了，只是塞了棉花、芯是鋁絲的娃娃坐姿看起來後仰得太厲害。抱膝坐在地上的小男孩看起來很緊張，原因也是棉花和鋁絲吧。老爺爺和小男孩，腿根處得彎得更深一點才行。依偎著坐在一起的兩個小女孩看起來害怕，也是姿勢的關係嗎？兩人都固定在地面，但沒有黏牢，身體傾斜了。

彌生發現自己以令人驚訝的冷靜觀察著娃娃。她覺得自己平常都是先感到「討厭」，不會冷靜地反省爲何看起來會覺得討厭。

盒子的房間，她可以冷靜地觀察。因爲那裡的一切，都出自於彌生的手筆。不管是老爺爺還是小孩，都是彌生親手讓他們坐在那裡的。沒有任何娃娃隨便亂動，也沒有任何東西消失或冒出來。

彌生扶住老爺爺的娃娃，把上半身往前倒，試著從腰部深深彎折。腳黏在椅子上了，所以不好調整，但她先把身體深深彎折到胸口貼膝蓋，再重新抬起上身。手的位置也重新調整，一手深深彎曲，舉在身體前方，就像揮手到一半。

——感覺似乎好一點了。

彌生想著，心想智章拜託她做的娃娃不要黏死好了。因爲她做的娃娃不適合纖細的姿勢，反而比較適合隨性地放著。

彌生把素描本拉過來。不黏住的話，娃娃無法站立，那麼就只能坐著，否則就只能躺著。讓父親和兒子坐在簷廊吧。端西瓜過來的奶奶半跪在榻榻米上。母親坐在地上。把髖關節和膝蓋的棉花抽掉一些，比較好坐——

好像想著想著，不知不覺間睡著了。彌生從客廳地上爬了起來。她以不自然的姿勢在堅硬的地板睡著了，因此全身痠痛。望向沒關的電視，畫面角落顯示時間。距離上班還有很久。她收拾周圍，沖了個澡，做了簡單的早餐吃完後，整理儀容準備出門。

心情稍微平靜了一些。彌生拿掉娃娃屋上的布，解開牆上的搭扣。冷靜觀察，或許可以看出原因是什麼。打開左右牆面。

兒童房慘不忍睹。地毯上散落著安撫娃娃的碎片。碎片像用剪刀剪的。兩個女孩的姿勢還是一樣。只有躺在地上的安撫娃娃被拔下來，留下接著劑的痕跡。

不管怎麼看，都是有人把娃娃拔下來剪個稀爛。之前彌生上班不在家，表示有人闖進來過。

可是，是誰？目的是什麼？

彌生納悶著，撿拾安撫娃娃的碎片，發現熊寶寶坐的椅櫃出現異狀。那是個約小凳子大小的櫃子，抬起座面，裡面可以收納物品。白色的座面蓋著，手縫熊寶寶坐在上面，然而櫃子底下卻流出紅色的液體。紅水從木板縫間微微地滲出，溢出地面，形成小小的——宛如血泊般的一灘污漬。

彌生赫然想到，望向閣樓。應該留在那裡的貓不見了。

彌生發出了一聲細微的慘叫。

雖然出門上班，但情緒沮喪，疲累不堪。彌生正對小錯不斷的自己嘆氣，上司指出她臉色很糟。

「妳今天先回去休息吧。」

彌生本來要婉拒，但回心轉意，感激地聽從。她向上司和同事道歉，提前離開職場。儘管踏上歸途卻不想回家。她無精打采地走著，不自覺地朝寺院走去。

……做娃娃很快樂。

做娃娃屋也很快樂。彌生沒有別的嗜好，也沒有其他覺得好玩的事。然而現在卻提不起勁做娃娃，如此一來，連日子要怎麼打發都不知道了。

昨天下班回家後，彌生就沒有離開家門。她一回家就看到兒童房的安撫娃娃四分五裂，害怕地關上娃娃屋，蓋上了布，直到今天早上都完全沒碰。她沒有離家一步，所以不可能有人溜進屋裡。那麼，怪事是自己發生的嗎？——如果不是的話，就是彌生在無意識之間自己做的了。

愈是修改，房間就愈是扭曲。明明沒那個意思，卻蒙上陰影，逐漸腐化。她覺得是這種現象瀕臨極限了。

讓房間腐化的扭曲，大概存在彌生自身當中。不論再怎麼努力想像和樂的家庭，都無法重現寧靜與溫暖。她根本不信什麼和樂的家庭，所以才會微妙地失手，朝彼此憎恨、相互攻擊的家庭樣貌扭曲。過去她只是在無意識之間讓氛圍扭曲，但它超越了某個閾值，開始以更激烈的形式呈現出來。甚至讓她在沉睡的期間，進行陰慘的改造。

這樣的自己，不可能做出智章想要的娃娃。就算做得彷彿一回事，根本之處也會扭曲，隨著時間浮出表面吧。不能把那樣的東西送給失去家人而心碎的人。

……師父，我來教您怎麼做。

不是自己做，應該讓智章來做。這樣絕對比較好。

彌生這麼想，進入庫裏出聲招呼，智章從玄關旁邊的房間出來了。

「早瀨小姐。」

智章開心地招呼，彌生正要行禮時，智章回頭看裡面：

「——德田女士。」

彌生疑惑他在叫誰，裡面走出一名穿圍裙的中高齡婦人。手上拿著抹布。

「……什麼事？」

「這位就是早瀨小姐，做那個娃娃屋的。」

聽到這話，彌生吃了一驚。德田表情頓時一亮：

「啊！我請智章師父讓我看過，它眞的好漂亮、好精緻，又好可愛……」

聽德田開心地這麼說，彌生不知所措。那個娃娃屋已經腐化、無從挽救，所以才送來請寺院燒掉的。它一點都不漂亮，也不可愛。德田說的應該是男孩娃娃，但那孩子的本質是邪惡的。

「那個娃娃屋眞的好棒。手邊若有一個，有事沒事看看，心頭就會暖洋洋。」

「不，哪裡……」

「如果有新作品，請一定要讓我看看。」

彌生正不知該如何回答，裡面傳來呼喚德田的聲音。

「來了！——不好意思喔，慌慌張張的。」

「不會。」彌生說。

德田向她頷首後，踩出忙碌的腳步聲跑回屋內了。

「她是來當義工的。」

「這樣啊……」

「禮物的事，我沒有告訴她，想給她個驚喜——您怎麼了？」

智章驚訝地詢問。彌生不知不覺間潸然淚下。

「我做不到。我太扭曲了。我實在做不出讓別人感到開心的東西。」

一想起德田慈祥的笑容，彌生無地自容。自己做不出來，這讓她難過不已。

「……我們出去走走吧？」

智章柔聲邀約，彌生點點頭。她隨著智章走出庫裏，穿過境內，走在寧靜的路上。一路上，彌生說出扭曲的娃娃的事。智章安靜地聆聽，待彌生傾吐完一切，他說：

「在我看來，完全不是您說的那樣。德田女士也這麼覺得。」

「那一定是因爲智章師父和德田女士都是好人。」

「如果是扭曲的人看了覺得扭曲的話，娃娃本身應該沒有問題吧？」

彌生搖搖頭。她無法明確地將內心的恐懼訴諸話語。

「早瀨小姐想要打造溫暖的家庭樣貌，做出來的卻不是如此。達不到自己的理想——會不會是這樣的落差，讓您感到『扭曲』？」

對於這話，彌生也搖頭否定。

「不光是感覺而已。要是我做了娃娃，送給德田女士，即使她很喜歡，扭曲也會隨著時間浮現出來。一定會變化成可怕、讓人不舒服的景象……」

「景象會變化？」

彌生點點頭：

「我做的娃娃屋，裡面的貓吃掉了老鼠。就連那貓，應該也被小孩殺死了。」

智章吃驚地停步。

「我本來以為是我睡著時自己把它弄成那樣。可是仔細想想，這不可能。因為如果是我自己像夢遊一樣去修改，應該也會親手拿出顏料那些才對吧？」

然而彌生的手沒有沾到顏料。顏料、調色盤和畫筆也沒有被拿出來。就算可能是在睡夢中上色，也不可能完好如初地收拾得毫無痕跡。更何況，椅櫃滲漏出紅色液體的樣子太精密了，她不可能在神智不清的狀況下做出如此細緻的工程——而且還是在櫃子固定在娃娃與家具之間的狀態下。

「顏料從木板縫漏出來，形成血泊。想做出這種效果，非常費工夫。不可能是在無意識的情況下做的。」

智章困惑地看著彌生。

「說這種話，或許師父會懷疑我心智不正常，可是我覺得，就是有什麼邪惡殘忍的東西，附在娃娃身上了。」

而召來這種東西的，就是彌生自己。

「所以，要是把我做的東西送人，就算在別人手中，它也會扭曲。會變成非常淒慘的景象……」

不僅如此——萬一那扭曲的景象，又進一步引來邪惡的東西的話。

「我覺得其實我早就知道這件事了。才會總是來麻煩師父把它們燒了。」

對不起——彌生向智章行禮。

彌生丟下啞然失聲的智章，快步離去，小跑步回到住處。她在門前再三嘆息，立下決心走進房間。

就和早上出門上班時一樣，房間裡寂靜無聲，玄關和窗戶都沒有異狀，不像有人進來過，果然從一開始就根本沒有什麼入侵者吧。

娃娃屋蓋著布。周圍也沒有變化。平常做娃娃屋的矮桌周邊也一如平常，只放著昨晚拿出來的素描本和鉛筆，其他全都井井有條地收在固定位置上。

彌生再次檢查，沒有畫筆或顏料盤髒掉，塗料和顏料也沒有被拿出來的樣子。

「果然——不是我弄的。」

彌生喃喃道，取下覆蓋娃娃屋的布。解開搭扣，打開牆面。乍看之下沒有變化，但彌生立刻發現了。父親的膝上放著菜刀。

菜刀應該在廚房。是用來砍帶骨肉的四四方方大切肉刀。

「……你拿它要做什麼？」

彌生對著那張瞪著半空中、宛如玩具的臉問。

兒童房的兩個女孩都還好好的。主臥室裡有母親和嬰兒。房間中央擺著床，右邊是梳妝台和抽屜櫃，左邊是洗手台。抽屜櫃上有一盞檯燈。牆上有燈，掛著畫作和鏡子。房間前面的角落擺著嬰兒床。那是一張搖籃造型古色古香的床，裡面睡著以純白綢緞包裹的嬰兒。母親坐在旁邊的椅子，探身看著床內，彌生注意到她的手的位置不對勁。本來應該一手放在膝上，另一手搭在床沿才對。然而應該在床緣的手現在放在嬰兒身上。

仔細一看，嬰兒的脖子纏繞著緞帶。那條深綠色的美麗緞帶，本來應該繫在母親的腰上。

「……太殘忍了。」

這真的是彌生在心底深處渴望的事？

——還是它已經去到彌生的意志無法干涉的地方了？

……母親總是心情很差。大概只有出門遇到外人時，才會展露笑容。父親總是在生氣。他老是斥喝兩個哥哥，雖然不會凶母親和彌生，卻也對她們漠不關心。祖母總是在罵人。祖父鎮日關在自己的房間，出來的時候總是大動肝火，不分對象破口大罵。

彌生很想逃離這樣的家，所以大學選擇了盡可能離家遙遠的地方。畢業找工作時，找了更遠的地方。搬來這處老街後，彌生覺得總算能夠安心喘息了。

出社會以後，她一次也沒有回家，也沒有聯絡。家人沒有聯絡她，對此她也不曾感到寂寞。

明明獲得自由了，彌生的根卻留在了那個荊棘遍布的家。她的根現在仍在吸收陰影，伸展出扭曲的枝葉。

——妳以爲已經跟我們斷絕關係了，是吧？

露出惡意笑容的母親一身奢華和服，可能正要出門。

「……對啊。」

——眞遺憾，妳永遠是我們家的孩子。

彌生想要說「這我知道」，也想抗辯「才不是」。

——就算用這種東西逃避也沒用。

母親輕蔑地俯視著娃娃屋。

牆壁開啓的扭曲的家。沉浸在黑暗中的娃娃們的家裡，只有臥室亮著一盞微弱的小燈。她做了可以用電池開燈的照明，會亮是當然的。

死掉的嬰兒、事不關己地俯視嬰兒的母親。在她背後，放著臉盆和水壺的洗手台及床鋪間的暗處，黑影蠢蠢欲動。

蠕動的影子慢慢地站了起來——宛如起身般膨脹起來。伸長了頭，窺看母親娃娃的臉，接著繼續朝前方移動。一面搖晃一面膨脹，朝娃娃屋外面移動——

彌生輕喊了一聲，跳了起來。

自己好像不知不覺間在工作桌上趴著睡著了。沒有開燈的房間裡一片陰暗。牆壁大開的娃娃屋也一樣陰暗。

是作夢嗎？——還是半夢半醒間看到了什麼？——彌生猶豫著，跑向書桌，關上娃娃屋。

——好討厭的夢。

有團黑影試圖爬出來。彌生就像要把它塞回去似地扣上搭扣，蓋上布。

明天送去寺院燒掉吧。她這麼想，卻發現娃娃屋太大了，根本抱不動。

那就拆了它。拆開分解丟掉——請寺院燒了嗎？乾脆把木盒也全部燒了嗎？將一切燒得一乾二淨。

彌生頹靠在櫃子上，瞪著蓋上布的不祥之屋。

彌生醒了。

她屏住呼吸瞪著娃娃屋，不曾闔眼地過一晚，與討厭的記憶奮戰之間，好像不知不覺睡著了。起身一看房間已是一片明亮。她驚訝地看時鐘，想起今天休假。

——剛好。

彌生撐起沉重的身體站起來。把娃娃屋拆了送去寺院吧。

她洗過臉，穿戴好到娃娃屋前。取下蓋布，決心打開牆壁。一打開，彌生當場後退。房間與房間之間的玄關廳和樓梯廳，這塊細長空間裡，懸掛著五個娃娃。

一樓的玄關廳是父親和母親，二樓的樓梯廳，是女僕和兩個女兒。每個人渾圓的臉上帶著那田園式的笑容，吊死在那裡。

彌生發出尖叫，用力甩上壁板關起來，把布丟上去似地蓋住。雖然離蓋住差得遠了，但她連靠近觸碰都不想。她和娃娃屋拉開距離，半個身體貼在牆上後退。來到走廊後，直接轉身衝向玄關。

跑出家門後，才發現自己空手逃了出來。雖然沒帶鑰匙，但她不想回去拿。她不想跟那個邪惡的家待在同一個空間。

回頭看家門，感覺門隨時都會打開來。她覺得門一開，就有真人大小的娃娃懸掛在從玄關到客廳的通道上。

這實在太可怕了，彌生遠離家門。她跑過通道，等不及電梯上來，衝下樓梯跑出建築物。

但拔腿狂奔也沒有去處。她只想拉開距離，不顧一切準備要跑，有人叫住她。

「早瀨小姐？」

聽到聲音回頭一看，是智章。

「您怎麼了？」

這話讓彌生膝蓋一軟，整個人蹲了下去。智章跑了過來。背後有個年紀差不多的男生，似乎是和他一起來的。

「您怎麼了？」

「……娃娃屋……」

彌生開口，但實在不知道該從何說起，搖了搖頭。

「您還好嗎？」

智章在旁邊跪下來扶住她。

「……抱歉，我沒事。」

彌生喃喃說著，站了起來。她抹去不知何時奪眶的眼淚，鞭策自己重新站好。

「對不起……智章師父才是，怎麼會在這裡？」

彌生望向著慌的智章，又望向他後面的男生。

「昨天聽完早瀨小姐的話，我放心不下，和師父討論，師父叫我帶這位先生過來。」

智章說，回望年輕人。看起來不像寺院的人。年輕人穿著T恤牛仔褲，就是個隨處可見的普通人。

「他是師父的朋友，尾端先生。」

尾端行了個禮。

「呃……這是……？」

彌生不解其意，尾端說：

「方便讓我看看娃娃屋嗎？」

彌生反射性地心想：那種東西怎麼能見人？感覺就像暴露出扭曲的自己，令她心虛，但只要回答一句「好」，就可以請他們陪她一起進屋。彌生實在沒有勇氣再次獨自面對那個鬼東西。

「早瀨小姐，拜託。」

聽到智章這麼說，彌生點了點頭：

「其實，我正想去寺院……我想請你們把它燒掉。」

「燒掉娃娃屋嗎？」

智章跟著彌生走回家說。彌生頷頭返回住處，點了點頭：

「不光是那個大娃娃屋，全部都燒掉。可以嗎？」

「全部——」

「太多了，沒辦法嗎？」

「不，」智章喃喃道。「如果您要求，數量不是問題。可是全部燒掉，這……」

彌生在家門前站定：

「請進。門沒鎖……我想只要看了，您就會明白爲什麼。」

智章一臉訝異地開門。彌生害怕地看著前方的暗處，但沒看到任何黑影。

她鬆了一口氣，請兩人入內。不祥的建築物潦草地蓋著布，鎮坐在書桌上。

「就是它嗎？」

尾端問，彌生點點頭：

「請自己打開來看吧。」

彌生這麼說，因此尾端走過去把布掀下來。他一邊摺起布，一邊觀察外觀。

「這是我第一次在近處看到娃娃屋，做得好棒。」

彌生無法回答，默默地看著尾端察看屋頂和窗戶，解開搭扣。尾端扶著牆面，左右打開來。他的手倏地定住，同時智章驚呼了一聲：「咦！」

「——早瀨小姐……」智章回頭看彌生，表情僵硬。

廳堂處現在仍懸掛著五個娃娃。

「這是……」

「我剛才醒來，就變成這樣了。昨晚是嬰兒被殺死了。」

聽到彌生這麼說，尾端細看屋內，看到二樓臥室裡的嬰兒床。

「我可以摸嗎？」

「都請便。」

尾端想要捏起嬰兒娃娃，卻拿不起來。

「黏住固定了。」

「原來如此。」尾端說。「頭也黏在枕頭上呢。這樣根本不可能穿過緞帶。」

啊，對啊，彌生心想。就算是彌生自己也做不到。如果想要在嬰兒的脖子纏繞緞帶，就必須先把嬰兒拔下來才行。

「這些全都是您自己做的嗎？」

尾端仔細地觀察房間問。

「……對。」

「我也從智章和秦那裡聽說了，但這做工真是太厲害了，細膩得驚人。」

秦是誰？彌生納悶了一下，隨即想起是寺院的和尚。

「秦說雖然很棒，但有陰影。」

「陰影……」

「還說大概是因爲這樣，您才會要求燒掉。」

彌生點點頭，心想秦發現自己的扭曲了。

「秦說，您把難過的事物封印在娃娃屋裡，想要藉由焚燒來淨化它。」

彌生一陣意外，整個人愣住了。娃娃會扭曲，是因爲她難過的記憶，但她並沒有把它們封在裡面，更絲毫沒有想過要淨化它們。

「我並沒有……」說到一半，彌生想，也許在清算的意義上，她確實想要把它們淨化。

「我並沒有把什麼封在裡面。它們就是會自己扭曲。」

「可是，這情景不只是扭曲這種程度了吧？」

被尾端筆直地注視，彌生答不出話來——她覺得尾端說的沒錯，也覺得這就是扭曲到極致的結果。

「陰慘又邪惡，這東西著魔了。」

聽到這話，彌生一陣心驚。

「著魔……」

尾端看著娃娃屋裡的臥室，點了點頭。

「原因是這個吧。」他說，指著房間角落。「梳妝台和洗手台，鏡子相對了。」

彌生呆住。

「——這是真的鏡子吧？」

尾端指的是洗手台上方牆面的鏡子。木製小桌上擺了一個陶製——其實是樹脂黏土做的——洗手台，裡面擺了一只水壺。上方牆面，有面造型簡單的框鏡。

「鏡面很明亮，而且和對面的梳妝台面對面，反射出無限的鏡像。」

「這……就是原因？」

彌生茫然地問，尾端點點頭：

「就算鏡子相對，也不一定就會著魔，但從這幅景象來看，應該只能推測它招來了邪惡的東西。」

彌生發起抖來：

「昨天晚上有東西想要出來……」

確實就是洗手台那一帶。

「……雖然可能只是我作夢……」

「那東西出來了嗎？」

「它出來之前，被我關起來了。」

尾端點點頭：

「那，它應該還沒有離開這棟建築物。雖然非常可惜，但這間娃娃屋，還是請秦燒了比較好。」

原來是這麼回事嗎？彌生想。

「智章，請把輪袈裟（註）借我。慎重起見，用布包起再用輪袈裟綁起來吧。」

彌生忽然一陣虛脫，當場坐倒在地。

「……早瀨小姐？」

那麼，至少就這個娃娃屋而言，並不是自己的緣故。她安心地抬頭一看，發現尾端正在看那些木盒。

「這些應該沒問題，看起來不像不好的東西。」

「可是……」

彌生正要開口，智章搶先打斷說：

「難得您花了那麼多心血完成，請不要討厭它們。」

智章表情嚴肅地看著彌生：

「我覺得它們每一個都非常棒。」

註：輪袈裟是一種簡式的袈裟，呈長條環狀，掛在脖子上使用。

「謝謝……」彌生喃喃道。

大娃娃屋由尾端搬到寺院去了。他把娃娃屋放上小卡車貨台，說：

「幸好我猜想可能會需要工具，開車過來。」

「……工具？」

「我是木匠。」

「咦！」彌生驚呼。

「秦硬是說一樣都是房子，我一定能搞定，眞是太亂來了。」

確實很亂來，彌生忍不住笑了。她目送說先走一步的尾端上車，和智章一起走去寺院。

「那個……可以讓我做德田女士的娃娃屋嗎？」

彌生慢慢地走著，這麼問道，智章用力點頭：

「當然可以！德田女士一定會很開心的。」

「不知怎地，做娃娃變成痛苦的事，不過現在我只想做德田女士的娃娃。」

一直以來，彌生都只爲了自己的嚮往而製作娃娃和房間。但不是爲了自己，而是爲了讓別人開心而創作，讓她覺得感受相當不同。

「早瀨小姐已經……不喜歡娃娃了嗎？」

「我也不曉得。」彌生回答。她覺得已經沒辦法像以前那樣做娃娃了。「若要說的話，我覺得是娃娃和建築物不搭軋。」

——過去她一直執著於那種造型樸拙的娃娃，連自己都不懂爲什麼。

「還是來試試不同感覺的娃娃呢？」

彌生這麼說，智章說：

「那老鼠呢？」

「——老鼠？」

彌生一時不解智章在問什麼，愣住反問。

「喔……早瀨小姐的娃娃屋常出現老鼠，我在想您是不是喜歡老鼠。」

這麼一說——彌生尋思起來。

「也不是特別喜歡……」

娃娃都已經有了，但空間還是顯得空蕩時，彌生就會放老鼠。單純只是因爲老鼠感覺是家中會出現的動物。貓狗也會出現在家裡，但貓狗是家人，老鼠不是。不過都住在同一個家裡——這麼一想，彌生覺得老鼠就好像自己。小時候的彌生，在家裡活得就像老鼠。

「抱歉，我以爲早瀨小姐喜歡老鼠，想說乾脆來做老鼠的家，似乎也不錯。不是也有動物娃娃嗎？就類似那樣。雖然縮尺不一樣，但反正早瀨小姐全都是自己做，不是用市面的現成品，所以也不用在乎比例吧。」

彌生眨了眨眼：

「說得……也是呢。」

在過去，彌生將十二分之一奉爲圭臬。不過確實，既然全都是自己做的，或許用什麼縮尺都無所謂。

——不，不對。雖然不會買現成的小物，但比方說門把還有鉸鍊……

——不過那些也可以自己做。用銅片和銅線就行了吧。

彌生左思右想，各種可能性不斷浮上心頭。是思考要爲德田把娃娃做成什麼樣子的那種感受。覺得有什麼不斷往外擴大。

啊，她一陣恍然，模糊地感覺到，這就是自由。

她默默地繼續走著，智章忽然怯怯地說：

「……請不要放棄做娃娃屋。」

「嗯。」彌生點了點頭。

# 香袋

「我回來了……」

明朗但有些倦懶的聲音從走廊傳來。

典利將視線從螢幕挪開，回頭看門的方向。「妳回來了。」傳來似乎是前去迎接的母親聲音。他把工作告一段落，離開地窖。穿過臥室，出去走廊。走下樓梯，開著暖爐的客廳裡，妻子和花正癱坐在沙發上，手扶在隆起的肚腹上摩挲著。

「妳回來了——檢查得怎麼樣？」

典利招呼，和花抬頭笑道：

「寶寶眨眼囉。超音波檢查的時候，剛好看到了。」

「是喔？」典利在和花旁邊坐下來，說著「辛苦了」，輕輕撫摸妻子存在感與日俱增的肚腹。

「還不知道是男是女。」

「妳自己呢？身體狀況怎麼樣？」

母親問著，把溫麥茶放到桌上。

「託大家的福，好得很。」

和花笑吟吟地回答。不久前她孕吐得很嚴重，成天躺著，但最近似乎舒服不少，表情變得明亮，也經常活動了。想起妻子先前無力臥床的模樣，典利忍不住擔心這樣動來動去沒問題嗎？但妻子和母親都不怎麼在意的樣子。典利畢竟是男人，不太明白母體的狀況，只能把妻子和母親說的照單全收。

「典利，你也要喝嗎？」

母親問，他點點頭：

「嗯，我拿去工作室喝。」

於是母親一如往常，替他用馬克杯倒了溫麥茶。

「結果你就住在儲藏室裡了。明明以前那麼討厭儲藏室。」

典利從這麼笑道的母親手裡接過杯子，上去二樓，回自己的地窖去了。

所謂地窖，是主臥裡約兩張榻榻米半的無窗空間。原本是穿衣間，典利改造成自己的工作室。雖然只是在牆上釘了集成材做成桌子和層架，冷冷清清，但典利非常滿意。

兩年前，趁著結婚，夫妻倆在郊外買房作爲新居。主臥的穿衣間原本不只用來收納衣物，還存放了非當季的棉被和家電，非常實用，但後來典利需要自己的工作空間。他任職的軟體公司因爲搬遷，員工可以選擇進辦公室或在家工作。典利剛買新家，而且小孩就要出生了，他選擇在家工作，必須找到一個工作空間。穿衣間不管是位置還是大小，都再合適不過。

——唔，說是儲藏室，也的確是儲藏室嗎？

典利回想起以前住的老家儲藏室。

他確實討厭儲藏室。

老家位在同一個行政區的舊市區，臨近城堡的老街。據說他們家祖先是江戶時代的藩國重鎮，但典利不知道是眞是假。不過又舊又大的老家，位在據說是古時上級藩士的居住區。庭院蓊蓊鬱鬱，房屋的屋簷極深，室內陰暗。維護不善，土牆和外牆處處灰泥剝落，屋瓦各處破損，雜草漫生。因爲這樣的外觀，成了典利就讀的小學知名的鬼屋。而實際上——它也眞的是一棟鬼屋。

「媽說你討厭儲藏室？爲什麼？」

這晚事情忙完，接下來只等睡覺時，典利坐在床上翻雜誌，和花這麼問他。

「因爲有鬼。」

「鬼？」

和花裝出嚇一大跳的樣子。

「怎樣的鬼？」

「……女鬼。」

「年輕女鬼？」和花是調侃的語氣，但典利應說：

「不知道耶，看不出年紀。看起來也像是中年婦女，不過或許更年輕。」

「看起來——意思是你看過？」

和花露出吃驚的表情。她沒想到居然是眞的吧。

「看過幾次。」

典利討厭以前的家。又舊又破，而且陰暗得要命。濕氣沉積在屋子裡，夏季悶熱，冬天總是又濕又冷。這樣的屋子裡，最陰暗最潮濕的地點就數儲藏室。儲藏室約四張半榻榻米，面積不算小，但因爲塞滿了不再使用的櫃子衣箱等等，沒剩多少容得下人的空間。沒有窗戶，出入口只有兩片拉門板，其中一片門板總是關不緊。

「大概十公分寬吧……怎麼拉都拉不上。大概是門框歪了。」

儲藏室位在屋子北側，算是屋內深處，沒有人會靠近，因此就任憑它開著一條縫在那裡。

「但有時候還是會經過——然後就會從門縫看到儲藏室裡面。第一次看到，是我念小學的時候吧。」

從門縫裡看得到衣箱。

「衣箱放在一進去儲藏室的右手邊，突出門口一片門板那麼長，所以可以進出的，只有左邊的門板。就算開右邊那片門，也會被衣箱擋住進不去。」

關不緊的門板是右側。約十公分寬的縫裡可以看到衣箱，更深處是漆黑的空間，而那片空間裡有張女人的臉。

「……她就坐在衣箱另一邊。黑暗裡，朦朧浮現一張白色的臉。」

典利驚嚇過度，動彈不得。黑暗的儲藏室裡，女人以面朝左斜方的姿勢坐著。那張白色的臉面無表情。沒有眉毛，隆起的眉骨底下，一雙眼睛斜斜地睨著典利。四眼相對了。典利尖叫，衝回父母身邊。

「前後的事我不記得了，不過那個時候我爸說，那東西一直都在這個家，但只會待在儲藏室裡，叫我不用擔心。」

和花放下雜誌，把抱枕拉過去。這陣子和花仰睡似乎很難受，喜歡抱著拉長的狗造型抱枕入睡。狗呆笨的臉在和花懷裡被擠得變形。

「……我第一次聽說。」

「我們婚後搬來這裡了，而且我知道妳不會住在那棟老房，所以沒提。」

和花幾乎不曾踏進過那棟老房子。第一次來見未來的公婆時，她只被帶進緊鄰玄關的大和室，接著就出發去預約吃飯的飯店了。下次過去，是父親葬禮的時候，和花的父母也一起來了，但一樣只是坐在大和室寒暄。這一方面也是因爲母親對髒亂的家感到羞恥的緣故。典利也討厭那棟老房子，所以實在不想帶和花四處參觀，介紹這就是自己出生的家。和花最後一次去，是從老家搬東西到新家時。房子已經決定要拆掉，賣掉土地了，到處堆滿了雜物。和花幫忙從玄關把典利遞給她的東西搬到車上。

「……那第二次看到呢？」

和花問，典利回溯記憶。第二次看到女人也是小學時代嗎？當時前後的狀況也不記得了，但總之是碰巧從門縫看儲藏室，又在那裡看到女人的臉。可能因爲是第二次了，典利很冷靜。然後他發現女人穿著深紫色的和服，梳著髮髻。

「感覺就像古裝劇裡出現的武家夫人。髮髻梳得比古裝劇看到的還要緊吧。她像這樣——挺直了背坐著。感覺和之前看到的時候一模一樣。」

沒有眉毛，應該是已婚女性。和上次一樣，女人斜睨典利，宛如惡狠狠瞪視。

「我問了我爸和爺爺，他們說確實從以前就有那女人，可是不曉得到底是什麼人。就連是不是我們祖先，還是無關的陌生人都不知道。」

「你會怕嗎？」

一開始會，典利回答。看過幾次以後，雖然習慣了，但對於進入儲藏室，他感到強烈的懼怕，排斥得不得了。儲藏室裡存放的都是些節日活動使用的物品，所以遇到法事或過年，大人一開始準備，他就趕快溜出家裡，或是避開父母，免得被吩咐去儲藏室拿東西。

「有點浪漫呢。」

和花說，典利噗嗤笑出來：

「如果是英國古城，或許浪漫吧。不過那可不是在古老莊園裡遊蕩的幽魂。再說，我覺得那個女鬼是怨靈。看她的表情就知道了。」

尤其是宛如射出陰火的那雙眼睛，可怕極了。

「有發生過作祟之類的事嗎？」

「才沒有呢。」典利笑了。「我沒聽說過那種事——可是那眞的讓人很不舒服。不只是儲藏室，那整棟屋子我都討厭，我想我爸也跟我一樣。」

父親討厭爲房子費工夫。就算下雨漏水，他也說「這種破房子，反正都要賣掉了，別修了」。

「我爺爺也是。我們家代代都沒人想管那房子。我想大家都討厭它吧。」

不管是漏水還是灰泥剝落都置之不理。只要不會對生活造成不便，基本上就是置之不理。也因此才會成了那附近出了名的鬼屋。

「那，原來你是家裡的異類。」

和花調侃地說，典利笑了。確實，因爲大人都不管房子，典利才會迷上假日木工。自從他自己用釘子把搖晃的地板釘牢後，就開始自行修理身邊的各種房屋問題，上了高中以後，也開始被父母拜託修理各個地方、製作櫃子等等。

「自己住的地方荒廢成那樣，不是很討厭嗎？就算是討厭的房子也一樣。」

「就是說呢——結果被我賺到了。」

和花笑著望向房間角落的嬰兒床。是典利聽到妻子有喜，開心之餘，第一個爲孩子做的東西。

「浴室脫衣間也想要幫寶寶換衣服的台子。不用時可以摺疊起來那種。」

「我會全力以赴。」

黑暗中，傳來和花平靜的沉睡呼吸聲。

典利莫名地輾轉難眠。

——有發生過作祟之類的事嗎？

和花的話讓他有些耿耿於懷。

他從來沒聽說過有作祟，但覺得搞不好只是所有的人都絕口不提而已。

典利討厭自己的家，他覺得絕大部分的理由，是因爲房子實在荒廢得太過分了。不管是祖父還是父親，都不肯維護房屋，也從來不曾請人修繕。他強烈地感覺，兩人是刻意放任屋子荒廢的。

但是人對於自己居住的家，有辦法漠不關心到那種地步嗎？

如果說原本就生性懶散、不拘小節，還情有可原，但祖父和父親都是很普通的人，若要說的話，個性算是老實認眞的。典利覺得，他們只對那棟房子極度冷漠。

如果那麼討厭，趕快賣掉搬家或是打掉重蓋就行了，然而祖父和父親都只是嘴巴說說，從來沒有眞的付諸行動。雖然嘴上說著「這種破房子」，但其實他們是不是執著於那個家？實際上，若說典利對老家毫不留戀，那就是撒謊。雖然不知道是何時落成的，但屋齡應該輕鬆超過百年吧。這棟從祖先手中繼承的古老大宅子，雖然嚴重破敗，但可以想像，不管是房屋還是庭院，原本應該都相當豪華氣派。若是好好維護打理，也許會是一棟令人引以爲傲的房子。從祖父和父親的言行，他能感受到相同的留戀。

然而，兩人終究沒有對那棟房子採取任何行動。把和花介紹給父母沒多久，父親就罹癌病倒，到了末期，他才終於說：「等我死後，把那棟房子拆掉賣了吧。」典利抱著「還不用想什麼死後的事」的心情，反駁說：「別說得那麼容易，爸以爲拆房子要花多少錢？」父親卻說「錢我已經準備好了」。

父親死後，爲了繼承事宜整理遺物時，典利眞的找到了拆屋資金的戶頭。在典利出生前，父親就立下決心，開了一個拆屋資金的戶頭，就這樣放在那裡。隨著物價攀升，有時好像會添一些錢進去。看到那本存摺，典利才了解到父親內心的糾葛有多深。父親老是掛在嘴上的「把它拆了」，不是玩笑，也不是隨口說說，而是眞心想要拆了這屋子，然而卻又放不下。所以雖然準備了這筆錢，卻無法付諸行動——

雖然明白了父親對那個家有著複雜的感情，問題是，是什麼讓他有了如此複雜的糾葛？留戀他可以理解。那就像是對自己的「根」的執著。但即使有這份留戀，依然不想去維護它，而是眞心想要破壞它。

忽然，一陣不祥的預感興起。典利想到一件事，頓時雞皮疙瘩爬滿了全身。

——祖母還有母親，都是後妻。

「嗳，媽。」隔天，典利在飯廳坐下來，出聲叫母親。

母親正在準備晚飯。和花說要午睡，上去臥室了。

「爸爲什麼那麼討厭以前的家？」

「怎麼突然問這個？」

母親停下切魚的手回頭。

「沒有啦，就忽然想到。」

「你不是也很討厭嗎？沒辦法啊，那屋子那麼陰暗，又破舊。」

連廁所都不是沖水的，母親說。典利想起這麼說來，和花來見未來的公婆時，母親強硬堅持不能讓她用家裡的髒廁所，訂了飯店吃飯，輕笑了一下。

「明明好好維護就好了啊，請人來翻修之類的。要是阿公還是爸好好維護那個家，就不用賣掉了。」

「那種房子就算持有，光是維護就累死人了。新房子不是比較好嗎？又乾淨又明亮又溫暖，住起來也方便多了。既然是新婚，更是住新家好。」

「也是啦。」典利喃喃說。「……那個房子有鬼對吧？」

母親邊切魚邊皺眉：

「你以前是那樣說，但我可沒看過。是不是心理作用？」

「爸也說他看過。」

「有嗎？」

「還常常聞到香的味道，對吧？」

有時屋子裡會唐突地冒出薰香的氣味。霉味瀰漫的家中華麗的異味。他還聽到過衣物磨擦的聲音。多半是在屋內深處的榻榻米走廊聽到。

「我也沒遇過。」

母親說，在盛裝生魚片的器皿包上保鮮膜。

「你跟你爸都說，有味道、有聲音，看到人影那些，但我從來都沒有遇到過。你阿嬤也說，什麼都沒感覺到啊。」

「是喔？」典利應聲，接著問：「爸的第一個太太是怎麼過世的？」

「我聽說是生病。」

「阿公也是再娶，對吧？」

典利說，母親轉向他問：

「怎麼突然問起這些？你阿公確實也是再娶。他第一個老婆很早就過世了。像你曾祖父，還結了三次婚呢。」

「——是因為死別嗎？」

「應該吧？我是沒問過細節。」

典利感到胃部一陣抽搐。

「連續三代都夫妻死別……」

「你在想什麼？別胡說八道，觸霉頭。我們都搬出那裡了，沒關係了吧？」

「是啊。」典利點點頭，像平常那樣倒了麥茶，前往工作室。進入臥室，看看和花的睡容，進入地窖，對著螢幕——接著赫然驚覺一件事。

「已經沒關係……」

已經搬出那裡了，所以無關了——意思是，要是沒有搬出那裡，典利也可能和和花死別嗎？

他想了一下，但不可能想出結果。要是父親還在就好了。或是向親戚打聽？——雖然也掠過這個念頭，但典利家沒有親戚。父親那邊幾乎沒什麼親戚。典利是獨子，父親也是。祖父有姊姊和弟妹，但姊妹嫁到遠方，祖父過世後就不相聞問了。只有弟弟——叔公住在當地，以前有往來，但叔公比祖父更早離世，兩家到父親那一代就沒在往來了。典利的婚禮在父親的建議下，只有兩家人在外國舉行。父親過世的時候，因為生前留下遺言只要家祭，所以也依言辦理。結果搬來這個家的時候，也完全沒有通知父親那邊的親戚。因為也沒有需要通知的交情了。

對啊，典利想到。據說過去是此藩重鎮的這個家系，只剩典利一個繼承人了。

——就彷彿遭到作祟一般。

想到這裡，典利苦笑。只是剛好父親和自己這兩代都是單傳，所以沒有親戚罷了。這一點都不奇怪。

「而且也不是死得不明不白……」他喃喃道。「不，還是有？」

連續三代，都和第一任妻子死別，這數量不會太多了嗎？

典利起身，漫無目的地走到臥室，在午睡的和花旁邊坐下來。可能是因爲把床壓沉了，和花微微睜眼，隨即微笑，眼睛又閉了回去。孕吐嚴重時，她連睡容看起來都很痛苦，但現在顯得相當安詳。

典利把手放在橫臥的和花肚腹。他總是情不自禁像這樣撫摸。和花說用力按，就可以摸到胎兒的身體，但典利不敢使力，只是輕輕把手放在上面，提心吊膽地輕摸。那感覺就像易碎品，他不禁小心翼翼。

他覺得在各種意義上，搬家都是對的。如果繼續留在那個家，現在一定會焦慮得不得了。

就在隔著被子撫摸和花和孩子時——

一縷芳香拂過鼻頭。白檀般的香氣。在以前的家聞過好幾次的——那種香氣。

「妳有擦香水嗎？」

晚飯的時候典利問，和花說：

「沒有啊。懷孕以後，我就受不了保養品和化妝品的香味了。連柔軟精都換成沒味道的了。」

「洗衣精那些也是。」母親笑道。「妳其他的還好，就人工香味不行呢。」

「對啊。很多孕婦都說聞到飯菜的味道就想吐，但我完全沒事。」

「這樣不是很好嗎？我懷孕那時候，白飯、醬油、味噌，連煎肉煎魚的味道都不行，根本沒東西可以吃，只能一直吃水果。」

「有點羨慕。那時候爸常買哈密瓜給媽吃對吧？」

「是啊。」

典利聽著兩人談笑，思考在臥室聞到的香氣。

屋子已經不在了。所以他們和憑附在屋子的女鬼，應該已經斷絕關係了——可是，如果那個女鬼憑附的不是屋子，而是血統呢？

——不，也不一定嗎？

典利想到一件事，望向和花背後的窗戶下方。那裡擺了一只老舊的衣箱。是本來存放在儲藏室的東西。

爲了賣土地，房子拆掉了，但覺得有紀念價值的老家具都帶來新家了。佛壇、抽屜櫃、層櫃、衣箱。佛壇是祖先傳下來的，趁搬家的時候送去清理，放在唯一一間和室裡。碗櫥並不豪華，但作工堅固，也沒什麼傷痕，因此現在依然作爲餐櫥櫃使用。茶櫃和裝飾櫃都是精美的蒔繪工藝品，也因爲父親生前珍惜，直接搬到了新居。茶櫃放在母親的臥室，裝飾櫃當成電話台，擺飾在客廳。原本一直收在儲藏室的衣箱，表面完全變色了，但金屬零件造型精緻，而且雕刻有家紋，蓋子也是平的，容易當成收納櫃使用，因此典利親自打磨，重新上漆。現在蓋子上陳列著相框。母親嫁妝的和式櫥櫃放在母親的臥室，儲藏室裡的老衣櫃則擺在他們的主臥裡。還有一樣東西，原本同樣收在儲藏室的藥櫃保存在車庫裡。雖然沒有損傷，但塗漆剝落了，典利正在修理。

其他還有餐具和信匣等小物。有不少東西覺得充滿回憶、是精美的老物件，丟了可惜，便帶來了新家。

——那味道會不會是來自這些東西的其中一樣？

他後悔應該全部丟掉的，卻又覺得如果沒問題，丟掉可惜。尤其是蒔繪的茶櫃和裝飾櫃，雖然不知道是什麼時代的物品，但肯定歷史悠久。一個是螺鈿，一個是高蒔繪，裝飾櫃的年代應該更久遠。兩邊都有家紋設計，因此一定是特別訂製的。可能是因爲這樣，對屋子漠不關心的父親很珍惜這兩樣物品。若是沒有奇怪的來歷，他不想丟掉。

自從那天，典利一有機會就調查從以前的家帶來的物品，卻找不到任何線索。

——假設是其中之一受到詛咒，有沒有辦法知道是哪一個？

典利在車庫裡獨自思考。這是買房子的時候，犧牲一個車位的空間請人蓋的組合屋。他對外國電影看到的車庫一直很嚮往，所以把它稱為車庫，但從一開始就只是拿來擺放工具和工作台的地方。因為是後來加上去的，沒有直通屋內的門，必須從玄關進出，而且夏熱冬冷，但可以盡情弄髒無所謂，是最大的優點。

典利眼前，是從儲藏室搬來的藥櫃，並排著十列六層、共六十個小抽屜。最下面有三個較大的抽屜。把手是圓形拉環，但現在全部拆掉了。外框的塗漆幾乎都已清除完畢，現在他正在一一清除抽屜上的塗漆。可能是因為一直存放在潮濕的儲藏室裡，除下塗漆後，發現底下發霉得很嚴重。

這個老櫃子作工堅固，但也沒什麼特別之處。它被丟在儲藏室裡，好像就這麼被遺忘了。他覺得有許多小抽屜，剛好可以收納工具，但和花說用來整理小物很方便，想要放在客廳。他原本打算放在車庫的話，只要用砂紙打磨一下，重新上漆就行了，但若要擺在客廳，就必須好好塗裝一番。他拿起刮刀，手工刮除舊塗漆。

用金屬刮刀一刮，塗漆變成碎片落下，露出底下布滿黑霉斑的木材。刮完一個，把抽屜放回櫃子，再抽出下一個，繼續刮除塗漆。從時代來推估，這應該是天然漆嗎？不知道是不是本來就脫離浮起了，不費什麼工夫就能輕鬆刮下來。

這陣子他都在忙這件事，終於刮完全部的塗漆了。木紋似乎是直木紋桐木。他審視藥櫃整體，心想要是沒有發霉，狀態還不差。

看來霉斑只散布在抽屜前板。發霉的部分只有一半抽屜左右。如果要擺在客廳，他想上清漆就好，但這樣會露出底下的霉斑。應該刮掉嗎？還是用顏色漆把它蓋過去？——典利一邊思考，抽出一只抽屜，檢查發霉的狀況，發現霉斑呈現短斜線狀。

——好像不太像霉。

他拿來手電筒照亮。仔細檢查每一個抽屜，他發現看似發霉的斑漬描繪出複雜的形狀。有些從左下朝右上畫出短線，有些像驚嘆號一樣拉長，也有些從渾圓的斑漬往下延伸。重新觀察之後，怎麼看都不像霉斑。

典利有了不好的預感。他觀察污漬的形狀，重新抽換抽屜，讓形狀能夠連在一起。他費盡辛苦，追溯模糊的形狀，一次又一次移動抽屜，花了快一小時，終於拼湊出完整的形狀了。出現在眼前的是一片噴濺的液體。在藥櫃的中央處，從左朝右斜上方噴濺。

心跳加速。然而手腳卻冷得像冰。

那顯然是什麼東西噴濺上去的痕跡。某種液體大量地噴濺在櫃子表面，留下了漆黑的痕跡。

「……這就是原因？」

看在典利眼中，那完全就是血跡。

「我回來了。」

一聽到和花的聲音，典利便從螢幕移開目光，起身去迎接。他一打開臥室門，走廊便傳來母親的大呼小叫：

「和花，妳怎麼了！」

典利連忙衝下玄關，只見前往兩星期一次的產檢回來的和花，頭上有塊紗布，用網狀繃帶固定著。右手腕也紮著繃帶。

「醫院有東西從天而降，嚇死我了。」

「東西從天而降？」

「入口是挑高的，二樓扶手那裡突然有個箱子掉下來。幸好不是什麼很重的東西，醫院拚命跟我道歉。」

「這還用說嗎！傷很深嗎？」

「不會。紙箱掉下來的時候，裡面的東西都灑出來了，被敲到和割到一些地方，不過沒事。」

典利跑了過來：

「被割傷了？頭嗎？有沒有跌倒？」

「沒有跌倒啦。」

和花笑著走向客廳。

「我嚇了一跳，當場蹲了下去。繃帶也只是保險起見而包的，醫院說要是覺得不舒服，可以拿掉。說可以洗澡，也可以洗頭髮，但今晚最好別用洗髮精和潤髮乳。」

典利大大地吁了一口氣：

「嚇死我了……」

「哈哈。」和花笑道。「總覺得產檢就會遇到意外呢。上次差點從天橋摔下。」

「咦！」典利和母親異口同聲驚叫。

「被擦身而過的人撞到吧，不過我抓著扶手，沒事的。只是嚇出一身冷汗。」

「妳怎麼都沒說？」

「又沒有眞的摔下去，也不是千鈞一髮，只是嚇到『啊！危險！』而已。」

和花滿不在乎地笑著，坐到沙發上。

「以後我開車載妳。」

「不用啦。不走路會運動不足。對了，檢查結果，母子都很好。」

「那，我陪妳一起走過去。」

「你在候診室不會很尷尬嗎？」

典利語塞了。他陪和花去產檢過兩次，在候診室感到如坐針氈。

「看你這麼關心小孩，往後可以放心了。」

和花笑道，母親也笑了：

「很意外呢。你小時候都不喜歡待在家，沒想到你這麼重視家庭。」

「他很愛摸我的肚子喔。」和花笑道，典利覺得羞恥。可是和花天真無邪地接著又說：「可是，有時候按得太大力——」

典利的笑容僵住了。

「感覺寶寶都要被壓出來了。」

「……什麼意思？我可沒摸那麼大力。」典利說。

「你應該不是那個意思吧，可是有時候會用力按不是嗎？寶寶就會掙扎。」

「怎麼可以這樣呢？」母親傻眼地看典利。「下手要知道輕重啊。」

「不是我。我根本不敢大力摸。」

應該是看到典利臉色大變，和花露出訝異的表情，僵硬地笑：

「……那是我作夢嗎？搞不好只是寶寶在開運動會。」

和花把手放在肚子上：

「感覺很調皮，會是男生嗎？」

典利看到和花這麼說的瞬間，母親的表情凍住了。典利轉頭看母親，母親掩飾地裝出笑容：

「也有人說女生比較會動喔。我倒覺得是女生。」

「隔壁大嬸也說我是要生女生的臉。」和花說，轉向典利。「她說生男生或女生，母親的臉會不一樣，這是眞的嗎？」

「也有人這樣說呢。」母親裝得若無其事，表情卻有些僵硬。

「果然是男生嗎？」

典利對著坐在客廳看電視的母親說。和花去洗澡了。

「我覺得是女生。一定是女生。」

「這麼堅持？」

「也不是堅持。」

母親這麼說的臉，和白天一樣，帶著緊繃的笑容。

「如果是男生，有什麼不好嗎？」

「怎麼可能有什麼不好？」母親說著，想要從沙發站起來。典利抓住她的手，要她坐下來。

「媽，妳有事瞞著我，對吧？」

「沒有啊。」儘管這麼說，母親卻顯然驚慌失措。

「媽。」

典利嚴厲的聲音，讓母親不知所措地沉默了。片刻後，她說：

「要是男生，也沒有什麼不好，只是覺得可能有點不吉利……」

「不吉利？」

母親點點頭：

「老人家就是會想太多啦，你不要放在心上。」

「怎麼可能不放在心上？我們家連續三代，都和第一任妻子死別，這不奇怪嗎？如果媽知道什麼，不要瞞我，告訴我吧！」

「我什麼都不知道。」

「媽。」典利嘆氣。

「我是眞的不知道。你爸從來不肯好好跟我說。」

只是——母親喃喃道，搖了幾下頭，似在猶豫。

「我聽說過，第一任妻子死產的孩子，就是男孩。還說你阿公那時候也是。」

典利倒抽了一口氣：

「那，第一任妻子過世是……」

「我在猜，可能就是因爲生產。我眞的沒有聽說，所以不知道，你爸也不想提這件事。我只知道是死於生產，然後小孩是男孩，但是死產。」

「阿公的第一個太太也是？曾祖父也是？可是，阿公上面還有別的小孩吧？有兩個同父異母的姊姊。」

「女生就沒事。你阿公說，第一胎不能是男的。第三胎是男生，是死胎，母親也因爲這樣……」

「那……」聲音沙啞。「……意思是——嫡長子會跟母親一起死掉？」

「或許吧。」

「妳爲什麼都不說！」

典利忍不住大聲起來。

「這要是眞的，那不就糟了嗎！爲什麼不在我結婚的時候——在和花還沒有懷孕的時候告訴我！」

他厲聲說道，母親突然摀住了臉：

「對不起，我從來沒有把它當成多大的事。」

母親呻吟地說。

「因爲……我是後妻，你阿公說再娶的媳婦就不會有事，說你阿嬤也這樣。他說第一個媳婦和孩子一起死了，但再娶的你阿嬤都沒事，叫我不用擔心，說不會有事。」

母親放聲大哭。

「而且，當然會覺得那些根本就是迷信啊！你討厭儲藏室，可是我從來沒看到過什麼怪東西。你爸和你吵著說有什麼香的味道，我也什麼都沒有聞到過。結婚以後，我一次都沒有遇過可怕的事，所以我根本沒有當眞啊！」

可是我還是很怕，母親說。

「到了最近——總覺得怕了起來。我到現在還是無法置信，也覺得只是碰巧三代死別而已。可是還是會希望，不要是男孩就沒事了——」

「對不起。」典利喃喃道。母親沒有切身的危機感，也是沒辦法的事。因爲母親嫁進來的時候，災禍已經過去了。典利也是，如果不是和花的肚子現在大了起來，會不會信，實在很難說——即使他親眼看過那個女鬼。

「……原因是那棟房子嗎？」

「我覺得是。你阿公和你爸好像也這麼認爲。可是到底是血統的問題，還是房子的問題，我也不清楚。房子已經不在了，而且也已經搬出來了，我覺得沒關係了，但如果是血統的問題，就算搬家，或許也解決不了……」

事到如今，典利才爲了自己的大意咬牙切齒。家裡有女鬼——他怎麼沒有從這件事想到女鬼會作祟？被和花指出之前，他甚至沒想過女鬼會爲害的可能性。但如果沒有實際禍害，祖父和父親不可能對那棟屋子那麼冷漠。典利第一次理解到，祖父和父親對屋子的漠不關心，是來自對它奪走妻兒的痛恨。

想到父親的感受，典利默然無語，這時母親看向他的背後，輕呼了一聲。典利嚇了一跳回頭，只見和花一臉不安地站在那裡。

「——妳聽到了嗎？」

典利問，和花微微點頭：

「對不起。因爲我聽到你在吼……」

典利覺得該道歉的人是他。他把和花捲入天大的禍事裡了。

「我只聽到後半，這孩子如果是男生，就會有危險嗎……？」

和花捧著肚子，害怕地問。典利走過去，摟住她的肩膀，催促她回臥室。

「我會好好說明。」

典利把他所知道的一切都告訴了和花。和花一臉肅穆，目不轉睛地看著典利，默默地聽他說。

「原因是你看過的那個女鬼嗎？」

「或許。但搞不好和藥櫃有關。」

「藥櫃？你說那個藥櫃嗎？」

典利點點頭。和花說她想看，他把她帶去車庫。看到慘白的螢光燈底下的藥櫃，和花倒抽了一口氣。

「這是……血跡？」

「看起來像，但不知道到底是什麼。」

「這櫃子，你要怎麼處理？」

被這麼一問，典利思忖：要怎麼處理？用塗漆蓋過去嗎？但他實在不認爲只是粉飾太平會有效果。

「可以丟掉嗎？這實在太可怕了。」

和花打從心底害怕地說，典利看著她，點了點頭。

隔天，典利找到回收家具的業者，委託回收。因爲已經把塗漆刮掉了，只能付錢請業者回收處理，但只要能讓它從家裡消失就好了。

三天後，業者來了，把藥櫃搬上卡車離開了。目送這一幕，和花安心地笑了，典利也感到如釋重負。

然而，兩天過去——

聽到門鈴聲，去玄關應門的母親大喊：「怎麼這樣！」典利訝異怎麼了，豎起耳朵，傳來雙方在玄關爭執的聲音。出了什麼事？他離開地窖跑下樓，看見和花在玄關一臉不解。

「你們這樣讓人很爲難啊！」

外面傳來母親的聲音。典利跑下脫鞋處。

「等一下，不能這樣啊！」

傳來母親大聲抗議的聲音。典利打開玄關門，嚇一跳。門廊處鎮坐著藥櫃。他忍不住驚叫：咦！母親走出大門看著馬路右邊。典利也看到揚長而去的卡車。

「媽，這是——」

母親回頭，一臉狼狽：

「業者說他們還是不收。」

母親說，出示右手的信封。

「他們硬是退還處理費了。都跟他們說這樣太不負責任了……」

典利啞口無言。他立刻折回家裡，打電話給業者，質問是怎麼回事，業者卻堅持：「我們沒辦法收，對不起。」他要求至少說明理由，對方卻只是一個勁地道歉，甚至還掛他的電話。

「噯。」和花回來客廳了。「那個櫃子要怎麼辦？」

「既然這樣，只好當成大型垃圾丟掉了。」

典利本來想申請個別回收，但這樣很花時間。他只想盡快擺脫櫃子，讓它滾出這個家。直接載去報廢場就簡單了。他決定向附近的熟人借小卡車，自己載去。典利吃力地把蓋上藍色塑膠布丟在門口的櫃子搬上卡車，向報廢場付了處理費，丟了櫃子。典利心想這下就結束了，吁了一口氣，沒想到兩天後，早上一起床，櫃子竟回到了玄關門廊。

——莫名其妙！

典利連忙打電話到報廢場。他說應該丟掉的東西跑回來了，但對方說不可能有這種事。「可是東西真的回來了啊！」但對方完全不信。

典利不知道該拿這個櫃子怎麼辦。和花的肚子裡，孩子日漸成長。之前明明那樣引頸期盼孩子出生，現在卻害怕一天天逼近的預產期。

後來，典利聞到過幾次香的氣味。和花和母親都說沒聞到。就像母親說的，媳婦好像感覺不到。

典利束手無策，只能任憑時間流逝。和花像平常那樣出門去做產檢了。典利要送她，她堅持說不用。

「阿典，你工作都沒進度對吧？在家好好工作吧。」

無心工作是事實。若是進辦公室，還可以切換情緒，但在家工作，根本無從轉換心情。難題在腦中牽縈，揮之不去。到底該怎麼辦才好？他整個人焦慮到不行，甚至無法平靜地坐下來。

母親替典利陪和花去產檢。典利一個人留在家，千頭萬緒，心亂如麻。

——得快點想辦法才行。

他覺得和花和孩子正面臨危險。儘管覺得被逼到悲慘境地，然而只要思考，心思就會游離。或許一切都是心理作用、可能想太多了，會不會只是剛好三代連續死別而已？就算不是剛好，比起父親那時候，現代的醫療水準早已不能同日而語。現在就算是早產得難以置信的嬰兒，都能順利長大。所以——或許不會有事。

比起這些，得好好工作才行。前些日子才剛被上司警告進度太差。

進入地窖，面對螢幕，典利心想：乾脆砸爛，或是載到某處深山，非法投棄算了？還是拿去哪裡燒了？

——如果承受的是我自己就好了……

典利再也承受不住，站了起來。和花會平安回來嗎？一團冰冷的事物哽在喉嚨深處。他再也待不住，開門走出地窖。不知不覺間，太陽似乎西下了。臥室好暗——典利這麼想著，把門開到底，一陣薰香的氣味忽然掠過鼻頭。典利皺眉——接著發現臥室角落浮現一張白臉。

緊鄰門前的床鋪另一側，女人坐在衣櫃與床鋪中間的暗處。就像過去那樣，只看到上半身，端凝地坐著，昂然抬首。那張白臉沒有眉毛，面無表情。眼窩凹處蒙上深濃陰影。對著典利的只有那雙陰暗眼睛——滿含怨怒等所有的負面感情。

典利麻痺了似地，定在當場，這時玄關傳來開鎖的聲音。他吃了一驚，望向臥室門口，連忙再拉回視線時，女人已經不見了。典利瞥了眼只留下香氣的暗處，快步走出臥室。跑下樓梯，母親扶著和花站在玄關。

「——怎麼了？」

還沒說「妳們回來了」，典利就發現和花的模樣很不尋常。和花看著典利的臉血色盡失，蒼白的嘴唇微微顫抖著。

「……阿典，怎麼辦？」和花的聲音聽起來隨時都會哭出來。

「醫生說是男孩……」

典利倒抽了一口氣。

——已經沒時間了。

無庸置疑，必須設法才行，但典利和母親都不認識靈異人士。好不容易終於想到主意，是找家族皈依的菩提寺求助。但剛接任的新住持只是一臉困惑，任憑典利拚命說明，也只是換來爲難的表情。最後住持甚至說過度操心不好、迷信會招來不幸，讓典利大爲失望。他垂頭喪氣地回家，上網搜尋，卻不知道該相信什麼才好，想到萬一只是徒然浪費時間，又受騙上當，便愈想愈不安，下不了決心。危機感日漸高漲，卻不知爲何同時也強烈地覺得「搞不好眞的只是想太多」，坐困愁城。

「沒事的。」和花說。「孩子一定會平安生下來的。」

她語氣斬截，就像心意已定。

「爸一定也會守護我們的。而且我運氣意外地好。」

和花的笑容讓典利難受。最不安的一定是和花，她卻拚命鼓勵典利和母親。

——我眞是太沒用了。

從聽到懷孕的消息，典利就只是驚慌失措。在體內日漸孕育孩子的是和花、爲不斷變化的身體吃苦的也是和花。典利只是一旁看著，明明須在這時當她的後盾，卻反過來被她鼓勵。總覺得把所有的負擔都推給了和花一個人，他心痛不已。

典利注視著他挑選後列出來的靈異人士清單。閉上眼睛，從這裡面挑一個聯絡嗎？就見面一次看看——正當他猶豫不決時，接到了菩提寺住持打來的電話。

年輕住持說，他實在掛心不下，接著有些心虛地說出其他宗派的寺院名稱。

「我向信徒打聽，聽說這裡可以解決這類問題，所以跟您說一聲。雖然也許只是傳聞而已。」

住寺的聲音聽起來極度懷疑，但他把典利的困難放在心上，還是令人開心。

「我會聯絡看看。謝謝。」

典利掛了電話，撥打住持告知的電話號碼。他也不認爲能透過電話討論，因此詢問對方，自己並非寺院信徒，是否方便前往。

「這是無妨，不過可以請教，是要詢問哪一類的問題嗎？」

對方以溫厚的嗓音禮貌地問。典利說：

「其實我家——」接著卻不知該從何說起。這若是菩提寺的住持，就知道家裡何時有誰過世，因此也省了許多說明工夫。但一想到要對看不到的對象從頭說明，便頓時語塞。他苦思後，說明父親的第一任妻子在生產時，母子一同過世，而祖父和曾祖父也是如此，然後自己的妻子正在懷孕。正當他要轉爲說明老房子和儲藏室的女人時——

「您可以現在就過來嗎？」對方問。「狀況聽起來很緊急。如果今天不行，明天也可以，請盡快過來。」

聽到對方這麼說，典利大大地鬆了一口氣。想到至少讓對方感受到自己的危機了，便頓覺輕鬆不少。

「我現在就過去。」

典利說，請教詳細的地址，火速趕往寺院。迎接的住持年紀和典利差不多，體格壯碩，巧妙地穿針引線，讓他說出難以說明的種種，專注地聆聽。然後住持說：

「我擔心您說的那個藥櫃，如果方便，可以讓我朋友看看嗎？」

「朋友——」

「我只是個僧侶，沒有什麼特別的能力。不過如果是房子——建築物以及附屬的東西，或許那位朋友有辦法處理。不過他也只是個木匠而已。」

典利覺得這話很奇妙，但還是行禮說「務必拜託」。隔天入夜後，住持帶著朋友上門了。看上去只是個普通年輕人的那位朋友似乎是營繕屋。他遞出印著「尾端」這個姓氏的名片。

「藥櫃在哪裡？」

「在這邊，請跟我來。」

典利帶兩人去車庫。只刮除了塗漆的櫃子，悄悄地待在冷寂的車庫角落。

尾端走近櫃子：

「之前都很珍惜地保管著吧。除了髒污以外，沒什麼損傷呢。」

「那樣算珍惜嗎？就只是放在儲藏室裡，丟著不管。」

「沒有特別保養嗎？」

「沒有。」

尾端把臉湊上去，仔細觀察抽屜表面。

「不是發霉——看起來確實是潑到液體的痕跡。」

果然，典利心想。

「就算隔了一層漆，也會像這樣滲進去嗎？」

「不會。」尾端搖搖頭。「如果是潑在漆上，就不會弄髒底下的木頭。如果塗漆剝落或有裂痕，是會從那裡滲進去，但那樣的話，就不會是這樣的形狀。應該是潑到的時候，還沒有上漆。」

尾端說著，用指甲摳抓各處還殘留些許的塗漆。

「而且這應該不是天然漆。應該是顏料之類——」

他把指甲摳下來的碎片翻來覆去查看。

「好像有兩層，底下是紅色，外層是黑色呢。黑色的是油漆。」

典利一陣意外：

「——是油漆？」

「對。」尾端點點頭。「我想這藥櫃原本並沒有上漆。被潑到液體，滲了進去，所以才上顏料來遮住吧。應該不是專業的師傅漆的。而且專業人士的話，不可能只上顏料就算了。因爲是外行人漆的，所以撐不了太久，漸漸剝落，所以再上了油漆——看起來是這樣。」

說完後，尾端又說：

「放在儲藏室的時候，這個藥櫃有在使用嗎？」

「沒有，裡面沒裝什麼東西。」

雖然裝著紙張或一些碎布，但沒有什麼像是刻意收在裡面保存的物品。所以典利才會覺得這是寶貴的家具。因爲雖然沒有用處，卻仍留下來沒有丟棄。

「這樣啊。」尾端點點頭。「櫃子作工很堅固，但本身並不特別。會把它保留下來，一般來說，不是有某些特殊感情，就是非常實用吧。但若有特殊感情，應該不會隨便上個顏料或油漆就算了，而且也沒拿來用。那麼，就是只能保留下來的東西了。」

「只能保留下來的東西……？」

尾端點點頭：

「沒有特殊感情，也沒有實用性。如果弄髒了不好看，一般不是丟掉，就是送人吧。然而不能這麼做——您說就算把它丟掉，它也會自己回來，是嗎？」

「對。」

「那麼，就是這樣了吧。這個藥櫃應該是沒辦法丟掉的。它附在這個家了。」

典利失聲無語。

「應該也沒辦法破壞或燒掉。就是因爲無法處理，只能塞進儲藏室裡忘了它。若是這樣，感覺應該也沒必要上漆來遮蓋污漬。因爲反正看不到，髒不髒都無所謂。如果怎麼樣都看不順眼，塞進看不到的地方就行了。然而卻上了顏料，顏料脫落之後，又上了油漆——也許這表示如果污漬浮現表面，就會發生不好的事。」

「咦！」典利驚呼。

「太太，您說有人壓您肚子，還差點從天橋摔下，在醫院有東西砸下來。」

和花瞪圓了眼睛，點了點頭。尾端轉向母親：

「您是否聽說過，您先生的前妻遭遇過這類危害？」

「沒有。」母親搖搖頭。「我完全沒聽說過。雖然或許只是他沒說……」

說完後，母親想起什麼似地歪頭說：

「我記得有一次他說：好奇怪，媳婦都感覺不到。外子和兒子都說看過女人、聞到香味那些，但我一次都沒有遇到過。所以我跟外子說，只是巧合罷了吧？只是剛好第一任妻子都過世而已吧？」

母親說完，懊悔地輕咬下唇：

「——至少當時我是這麼相信的。因爲我什麼都沒感覺到。結果外子就說，媳婦什麼都感覺不到。他說，對媳婦不會有任何影響，但只要懷上嫡長子，就會死掉，只是這樣而已。」

就只會死掉而已——這句話令人遍體生寒。

「那會不會是遮掉污漬的功效？」尾端說。「污漬露出來，就會出現危害。但遮掉污漬，至少可以避免危害。」

說完後，尾端又側頭道：

「也許把污漬遮起來，或如果生的是女孩，就可以避免災禍，或不會在家以外的地方遇到危害，有這些效果。因爲不清楚詳細來歷，一切都只能靠猜測，但既然會像那樣上漆遮蓋，我認爲讓污漬暴露出來不太好。」

只是——尾端又補充說。

「反過來想，這表示這個櫃子無法丟掉，但可以上漆。雖然沒辦法丟出家裡，但可以處理掉污漬本身。」

「我要塗掉它。」

典利說，尾端微笑說：

「就算塗掉，污漬還是在，只是看不見而已。把這些污漬清除掉吧。若是清除，或許就會變回普通的櫃子。」

「清除——怎麼清？」

「把表面刨掉就行了。木材夠厚，就算滲進裡面，應該還是能刨掉。」

「有辦法嗎？」

如果不能破壞櫃子，會不會也沒辦法刨削？

尾端笑道：

「您已經這麼做了啊。您不是用刮刀刮掉塗漆嗎？到處都有被刮傷的痕跡。」

「啊……」典利喃喃。他打算之後再用砂紙打磨，所以用金屬刮刀大力刮漆，確實好幾次都有刮到木材的觸感。

「只要刨掉，作祟就會停止嗎？」

尾端側頭說：

「很可惜，我無法保證。這種事，凡事都得試過才知道。不過——」

尾端看著典利微笑。

「考慮至今爲止的經緯，我想核心確實就是這個藥櫃。從這裡下手應該是對的。如果這樣還是不行，也不是就束手無策了。出現在府上的女人不知道來歷，也不明白她現身的理由，這是個瓶頸，但還是可以查詢菩提寺的資料，或是聯絡親戚打聽，尋找線索。幸好據說府上過去是藩中顯要，也許可以從古文書等找到某些線索。剛好秦很擅長這類工作。」

典利回頭望向默默守在一旁的住持。體格壯碩的住持溫厚微笑，點了點頭：

「我會盡我所能。」

典利明白兩人都拚命在鼓勵他。他深深行禮：

「萬事拜託了。」

尾端點點頭：

「櫃子可以暫時交給我嗎？」

「它會願意乖乖和您一起走嗎？如果您願意，可以用這個地方工作。」

「它曾經被業者收走，應該是可以離開個幾天吧。請交給我。我會借用寺院，在那裡作業。」

「那就拜託您了。」典利說。他萌生出類似覺悟的感受，只能交給尾端了。

他和和花兩人一起目送尾端把櫃子搬上卡車離開。

「……有辦法成功嗎？」和花說。

「我也不知道。」典利含糊其詞。「雖然很想寄望他們，但想到之前把櫃子丟掉又跑回來……老實說，我很不安。」

「萬一不成功呢？」

典利漫不經心地注視著遠方的山景。一望無際的平原上，山影氤氳的那座山，是這裡唯一看得到的山。眼前的景象和平悠閒得令人驚奇。

「……我們離婚吧。」

典利低聲說，讓和花驚呼了一聲。典利轉向妻子：

「我一直在想，到底要怎麼做，才能保護妳和孩子。現在先交給那位先生，但萬一還是不行，我們就離婚吧。」

其實典利也明白，如果那個女人執著的是血統，就算離婚，也不一定就安全了。但他還是要盡最大的努力。因爲他是和花的丈夫，是孩子的父親。

「我覺得妳先回娘家比較好。在那裡生下孩子——」

和花的眼睛頓時噙滿了淚水。

「等孩子平安出生，我就去向妳第二次求婚。」

和花落淚，點了點頭：

「……嗯。」

後來過了十天以上，尾端再次上門了。

典利聽到門鈴去應門。停在屋前的小卡車貨台上，放著妥爲打包的櫃子。尾端抿唇一笑，拆掉防護包裝，出現桐木原色美麗的藥櫃。

「啊……！」母親率先發出讚嘆的聲音。「變得好漂亮！」

「只是刨掉一層而已。」尾端說。「我沒有上漆。桐木塗裝不是我的專門。」

典利感慨良多地仰望那個藥櫃。呈現出嶄新木紋的櫃子，看上去就像完全不同的另一個櫃子。

「這樣就沒問題了嗎？」

典利怯怯地問。

「大概。」尾端回答，開始收拾防護打包的布。他伸手的時候，袖口露出繃帶，典利嚇了一跳：

「尾端先生——那傷是……？」

「噢。」尾端看了一下自己的手。「它反抗了一下。」

「反抗……？」

「應該是不想被人亂動吧。但刨著刨著，它漸漸安靜下來，最後完全沒有動靜了，應該是平靜下來了。也吸了很多煙嘛。」

「吸煙？」

尾端平靜地笑道：

「線香的煙。有來歷的東西，都會排斥線香或沉香的煙。線香的煙碰不到那些東西，會像這樣——繞道而行。」

尾端把手靠向櫃子，往旁邊繞開。

「但是到了最後，它反而主動把煙拉過去，就像在吸收那煙一樣。」

「是這樣嗎……」

尾端從貨台搬下平板車，說：

「辛酸怨恨這些情感，其實最好是能夠拋棄。因爲懷著這些情感，也只是讓自己痛苦。但怨恨太強，視野就會變得狹隘，根本想不到還有拋棄這個選項，怎麼說，會執著不放吧。但被刨去那些痕跡之後，才發現丟掉了才是解脫——」

尾端著手把櫃子抱下來，典利上前幫忙，把櫃子放到平板車上。

「那些情感也被刨掉了吧。如您所見，它變回一個安安分分的普通櫃子了。」

尾端說完，笑了。

「變成這種狀態的話，應該也可以丟掉了。不過刨過之後，我發現木材用料比想像中的更好，覺得丟掉也可惜。」

「是啊。」和花說。「確實，把它丟掉太可憐了。」

「如果要留下來，最好塗裝一下。可以請專家來做。」

「可是，這樣就很漂亮了啊？」和花說。

「原木的狀態很容易弄髒，也容易受損。現在有修理桐櫃的業者，要長久使用，建議最好請人塗裝一下——不過送到專家那裡，可能會從刨削重新來過。」

「是這樣嗎？」

「因爲同樣是刨削，木匠和家具師傅的作工精細度也不同。」

和花回望典利：

「把它送去塗裝吧。我想要紅色系的顏色，一定會很可愛。」

和花開朗地笑，典利感到困惑：

「可以嗎？妳不會不希望它放在家裡嗎？」

「不會啊。」和花笑道。「蒔繪的層櫃，也是家裡的歷史吧？這也是歷史。雖然房子已經不在了，但就算只有家具，希望可以傳承下去。」

聽和花這麼說，心中的喜悅之情連典利自己都感到驚訝。典利重新轉向尾端：

「自己來塗裝，會不會太異想天開？」

「是不會，但請專家處理，會比較耐久。以前狀態的話，因爲太危險，不能送去修理，但現在已經沒事了，就算交給不知道來歷的人，應該也沒問題。」

典利摸了摸平板車上的櫃子。典利說刨削的精細度比不上專家，但現在摸起來的觸感已十足光滑細膩。

「我會找一下願意修理的地方。」

典利就像對尾端說的那樣，把櫃子交給願意修理的業者。據說需要兩個月左右的時間。櫃子回來的時候，兒子應該已經出生了。

「總覺得有點可惜。」

和花撫摸著變大的肚子說。自從櫃子回來，沒發生任何怪事，孩子順利成長。

「……什麼事可惜？」

「我本來可以再收一次訂婚戒指的。」

和花調皮地笑道。

「嘿！」典利笑著回應，心想等孩子出生，告一段落就送點什麼給和花吧。

和花一次也沒有埋怨，說不該嫁進這種家。

「……謝謝妳。」

典利喃喃道，和花歪頭：謝什麼？

沒事，典利搖搖頭。

# 骸濱

眞琴忽然醒了。她在黑暗中睜眼，理解到自己從安詳的睡眠中被拋出來了。摸索枕邊的榻榻米，碰到時鐘拉過來。看看時間，差不多快天亮了。

眞琴輕嘆了一口氣，從被窩坐起來。側耳聆聽，沒什麼特別的聲音。只有海浪聲迴響著。

眞琴起身，走向面對庭院的窗戶。打開古老的木窗，再把外層破舊而坑坑洞洞的遮雨板打開一片。戶外瀰漫著黎明前帶有獨特靛藍的幽冥。

庭院荒蕪得令人不忍卒睹，邊緣圍繞著低矮的籬笆，不過現在只剩下殘骸了。籬笆另一頭就是海。

——不，還是河？

眞琴家位在城下町的河口，正是河流匯入大海之處。屋子後方的庭院有兩側鄰接水邊。從老石牆支撐的地勢略高的庭院俯視的那裡，算是河還是海？或者是陸地？眞琴不知道。半朽的籬笆之外，高低差底下，是一大片廣大的海埔地。

構成縣境，流過黑色城堡旁的大河，它孜孜矻矻地運載而來堆積物，在河口形成遼闊海埔地。滿潮時是淺水海面，但退潮時，就是流過泥濘的數條蜿蜒河流。

——現在退潮了嗎？

籬笆外面看不到水。全然陰暗的泥地上，生著一叢叢蘆葦。零星生長的蘆葦，以及拂曉的幽冥。宛如水墨畫般聳立的蘆葦氤氳朦朧，眞琴知道起晨霧了。

不知何故，只有眞琴家周邊，清晨經常起霧。霧氣無聲無息，如浪潮撲湧一般，從海面籠罩上來。開始轉亮而呈淡藍的空氣裡，蘆葦變得朦朧，籬笆變得朦朧，然後極盡荒廢的庭院也開始朦朧模糊了。

眞琴連忙關上遮雨板，關上窗戶。幽光被遮斷，房間裡恢復原本的黑暗，開始響起有人踩過庭院碎石的聲響。

——果然。

差、差，踩過碎石的聲響。是吃力地前進的腳步聲。隨著自海面湧上的晨霧，一起進入庭院的某人踩踏碎石的聲音。

她就知道會來。因爲上星期有颱風過境。

這處城下町面對的是內海，總是風平浪靜，一點都不凶暴。放眼望去，全是如鏡的淺海，聊備一格的海濱微波拍岸。只有颱風過境時，它才會換上另一副面貌。強風大浪，就連平常聽不見海浪聲的眞琴家，都會被轟隆浪濤聲所籠罩。——就在這當中，一艘漁船翻覆了。船上有一名老漁夫。一晚過去，就在前天，在海上漂流的漁船被人發現，卻不見老人蹤影。眾人推測，應是在暴風雨中失足落海了。

眞琴無意識地按住窗戶。踩過碎石的聲音依舊。

老人落海，溺死了。

遺體沉入深邃的黑暗。落至水底的衰老身軀躺臥在海藻之間，隨著潮流擺盪。隱約射入的幽光中，小魚群反射出銀光。小蝦鑽進老人的髮間，螃蟹爬過衣物間。這是幽暗的水底中短暫的安息——接著，老人的身體開始浮起。浮起的身體在浪間流離。被浪濤推擠，被潮流沖刷，最後抵達了岸邊。

——差不多就是這時候。

腳步聲停了。眞琴微微顫抖著，從破損的遮雨板縫間看到了庭院。霧靄中，暈散著墨色的人影站在窗邊附近的石頭旁。削瘦的身體、略低著頭的駝背，人影只是低著頭，盯著腳下。看不到臉，但看得出是個年老的男性，而且一身濕衣。濃濃的海潮味從窗縫間鑽了進來。

一動不動，佇立在那裡，究竟在想些什麼？——或者只是在注視著虛無？

眞琴一如既往地想著這些，悄悄地回到被窩裡。

「早。」

眞琴一走進辦公室，就聽到朝氣十足的招呼聲。邦江正在擦桌子。

「早安。」眞琴回禮打卡，走向更衣室，把皮包放進置物櫃，將外套換成制服夾克，返回辦公室。她也拿起抹布，從邦江正在擦的另一邊擦起桌子和設備。

「颱風一過，一口氣變得好悶熱呢。」

邦江邊打掃邊埋怨。

「梅雨已經過去了嗎？一想到梅雨短，夏天就長，實在好討厭啊。」

胖碩的邦江很怕熱，又容易流汗。她現在也脫了夾克，只穿著一件短袖T恤。邦江看上去完全符合「行政歐巴桑」的形象，但其實她是這家建設公司的社長。她繼承亡夫創立的公司，經營得有聲有色。丈夫在世的時候，她擔任行政人員，幫忙公司，聽說從那時候開始，第一個來上班打掃，就是她每天的例行公事。眞琴來上班前，她已經把外面都打掃過了吧，灰色T恤的背部都汗濕變色了。

聽著邦江朗爽的牢騷，打掃完畢，眞琴去茶水間準備麥茶。這段期間，邦江去更衣室換了件T恤，在冷氣終於開始發威的辦公室打開報紙。

這是每天早晨熟悉的光景。眞琴進公司以後，每天早上都是這樣。邦江閒話家常，眞琴默默聆聽。眞琴喜歡這段時光。邦江爽利的言行讓人覺得舒服，而且她不會要求眞琴回應，令人感謝。眞琴本來話就不多，但邦江不以爲忤，理所當然地與她相處，讓她覺得開心。

「哎呀！」邦江打開報紙揚聲。「報紙說下一個颱風又要來了。好像比上星期的更大喔。希望不會太嚴重。」

眞琴默默點頭。在看報的邦江不可能看到她點頭，但眞琴沒應聲，她好像也無所謂。邦江應該知道眞琴在聽，而且這也不是什麼需要回話的內容，所以不在乎。這樣的氛圍讓眞琴感到舒適。

眞琴向來被人說「很陰沉」，也覺得這樣的評語沒有錯。她從小就受到排擠，無法融入學校，連個朋友也沒有。雖然沒有直接被霸凌的記憶，但她認爲這與她家在當地受到忌諱一事不無關係。不管是霸凌還是騷擾，總是要扯上關係，但旁人根本避免與她有任何牽扯。而她的家會受到忌諱，是因爲庭院會出現那個。

——她是鬼屋的小孩。

——跟她在一起，會被作祟。

不會有人直接對眞琴說什麼。如果打招呼，就會得到和善的回應。但沒有任何閒聊，每個人都面帶笑容地離去。

眞琴很小的時候——上小學以前，應該也和附近的小孩一起玩過。但每次在一起玩，就會有人來叫人。一起玩的孩子的家人，或是附近鄰居，會過來把那孩子帶走，然後那孩子再也不會回來一起玩。

用不了多久的時間，眞琴就理解小孩身邊的大人們，不希望他們和眞琴一起玩。上了小學以後也是如此。和班上同學一起玩，同學或是學長姊就會來把人叫走。一開始來叫的都是眞琴家附近的小孩。然後來叫人的小孩範圍愈來愈大，眞琴身邊再也沒有人了。雖然裡面也有些小孩惡意作弄她，但就連這樣的小孩，也都被身邊的人或大人附耳說了什麼，遠離眞琴——就宛如波浪拍上來把沙子捲走一樣。

所以眞琴成了個不會主動向人攀談的孩子，不知不覺間，也失去了想交朋友的欲望。她總是一個人低著頭，所以說她「陰沉」，一點都不算錯。

「對了，保居。」

邦江突然叫她，眞琴轉過頭去。

「戸倉工業一早就要過來，妳準備一下會議室。」

「是。」眞琴回應。

高中畢業出社會，進入沒有人認識她的地方，眞琴總算輕鬆了。就算像這樣和邦江在一起，也沒有人會來叫邦江，對她說悄悄話。眞琴被當成普通員工對待。不只是邦江，對其他同事而言，眞琴似乎也只是個寡言的「行政小姐」——這讓她眞的很開心。

工作結束，眞琴開著小型車回家。公司在市郊海邊。平坦土地放眼望去全是田地，是幅悠閒的田園景致。黑黝黝綿延的防風林區隔了被嫩苗的色彩覆蓋的景觀。不知是臨海地區不適合種田，或是有其他理由，防風林前面有很多公司及工廠。都是眞琴上班的建設公司這種需要大片土地的公司。

駛出那一區，開過沿海道路，路上去了超市，採買之後回家。開過跨越小河的短橋，景色有些不同了。一看就是老舊的農村地帶。面海的不再是防風林，而是被無機的高聳堤防取代。進入昔日的城下町——舊市區了。

駛過蜿蜒的小路，在彎折的堤防擋住前方之處，開進通往海邊的小路。駛入伸進堤防終點、防風林雜亂地殘餘的樹木間的私人道路，就是眞琴的家。

屋子正面，是緊貼著私人土地的防風林。幾乎都是常綠樹，因此免不了蓊鬱陰暗之感。孤伶伶地矗立其間的眞琴家很小，而且老舊寒酸。雖然老舊到連屋齡都看不出來，但與其說是老屋，更適合廢屋這樣的形容。覆瓦的屋頂傾斜了，牆板在風雨中破損。滴水檐腐壞，垂掛在各處，玻璃窗是木框，遮雨板搖搖欲墜。每次回家，總讓她不可抗力地感到消沉。

——可是這裡就是我的家。

眞琴家世居此處。祖母守著這個家，父親守著這個家，父親死後，換母親堅忍地守了下來。而母親也在三年前過世，眞琴已經沒有理由執著於這個家了。她也不是沒想過要搬走，但這裡是這一帶出了名的鬼屋，就算想賣也賣不掉吧。

眞琴拿了晚報進屋，把食材收進廚房冰箱。都這個年代了，廚房卻是鋪上棧板的泥土地。流理台是洗石子，連熱水都沒有。支撐流理台的木框也隨著時代日漸細瘦，扭曲且有些傾斜了。摺起購物袋收起來，在進入起居間的高框坐下來，打開晚報，大致瀏覽了一下，沒看到發現颱風天落海的老人的消息。還沒有找到嗎？——雖然就算找到，也不曉得會不會上報。

眞琴輕嘆一口氣，進入起居間，走近窗邊。四面落地窗，也都是老舊的木框窗。外面是一片荒廢的庭院。祖母和父親還在的時候，兩人都會打理，但祖母過世，父親過世，母親沒有餘裕和力氣維護庭院了。任憑荒廢地就這樣過了好幾年，近年眞琴才總算開始除草，卻也無力回天，無法遏止庭院日漸破敗。

窗外，恣意逼近房屋的矮木雜亂參差。被青苔覆蓋、荒草湮沒的飛石前方，是鋪滿碎石的「海濱」。

祖母和父母，都把鋪碎石的那部分稱爲「海濱」。以大小石頭排成的邊緣描繪出曲線，再過去鋪滿了白色的碎石。「海濱」另一頭，是聊勝於無的幾棵樹木，其間延伸出矮竹籬，再過去就像被砍掉一樣，什麼都沒有。石牆底下，零星生長著幾叢蘆葦，再過去是一片海埔地。黝黑的泥濘構成海岸，靜謐地湛著一望無際、平靜無波的水面。

放眼四望，看不見任何人家。寬闊的河流對岸是綿長的堤防，除此之外，只有漆黑的海埔地和灰色的水。流水池邐切過海埔地中央，淺海處微波拍打。到哪裡是河、從哪裡是海？

——好蕭瑟的景象，她想。

封閉、沉澱，無依無靠，全然的孤獨。

——是寂寞的場所，吸引了寂寞的靈魂嗎？

眞琴望向今早人影佇立的位置。那裡只有一塊鏽色的石頭。頹喪地低著頭的，是在颱風天落海的老人嗎？鏽色的石頭——那麼，就是和隔壁市區的境界處。

——現在他漂浮在那裡。

遺體離開陰暗的海底浮上來，在海上漂流，隨著潮流，終於漂至岸邊。是浮在浪間嗎？還是卡在防波堤？

——不知道是從什麼時候開始的。

附近只要有屍體漂上岸，死者就會在清早隨著晨霧來到這座庭院。他們悄然佇立，試圖通知自己的所在。

據說是祖父把庭院打造成這樣。鋪滿碎石的「海濱」，代表這個城鎮附近的海岸線。死者似乎是從祖父那代更早以前就出現在這裡了，據說庭院的何處代表海岸的哪裡，以口傳流傳下來。祖父為了更容易辨識，整理庭院，打造了「海濱」。

一直到祖父那一代，好像都會有人來問遺體漂流的地點。在這個城鎮的外海遭遇海難的人，家屬會來拜訪眞琴家，留下謝酬，請求遺體浮上來就通知他們。在曾祖父那一代，這似乎是家裡的營生。因為曾祖父的通知而找到遺體的家屬，後來也會在逝世一年、三年、七年等法事的時候，送來謝酬。聽說甚至有人敬拜曾祖父，他在附近漁港十分吃得開。

——聽說逢年過節，家裡都收到好多謝禮呢。

祖母這麼說。

但時代變了。再也沒有人來請教遺體的下落，也沒有人知道眞琴家獨占的家業。留下來的只有和「死亡」相關的忌諱，以及貌似占卜行為的可疑氛圍，眞琴家成了人人避之唯恐不及的家。周邊住戶對眞琴家的認識，是與「死亡」、「遺體」、「禍事」密不可分的人家、從事裝神弄鬼宗教的人家。

但是，靠這一行維生，只到曾祖父那一代，祖父好像也曾受到委託，但祖父死後，祖母就徹底拒絕委託了。父親是個普通的公務員，母親是普通的家庭主婦。然而在當地，一家子受到的待遇依然如故。也許因爲諱莫如深，導致觀感更差了。

丟下這個家，搬家吧！母親似乎多次懇求，但父親下不了決心。會捨不得這個世代傳下的居處，也會氣憤爲何自己非逃離不可吧——但束縛父親最深的是死者。有人會來到這裡通知，前來懇求找到他們。雖然再也無能爲力，卻也無法拋下他們忘記。

眞琴也好幾次想要搬走，但每次都會想像起佇立在無人房屋的庭院的人影。他們渴望回家——回到家人身邊，而來到這裡。要是連看望他們的人都沒了、要是讓他們不爲人知地浮起，又不爲人知地沉落消失的話……

眞琴走下庭院，站在石頭邊。她點了一炷香，插在石頭旁邊。

——我只能爲你做這些。

抱歉無法幫上忙。

她在心中道歉，雙手合十。

——希望你快點被找到。希望你能回家。

這天清晨，霧氣再次瀰漫。老人還沒有被發現，眞琴在被窩中心想。她懷著心痛的情緒躺著。就算起來，眞琴也無法做什麼。就在她猶豫不決間，依稀傳來像低沉的霧笛般的聲響。音量很小，但聽起來就像對著瓶口吹氣的聲音。

眞琴放棄，爬了起來。

——他想回去。

想要有人找到他，讓他回去。所以才會呼喚眞琴——用那抽泣般的聲音。

就算假裝沒聽見，聲音也只會愈來愈大。能聽見那聲音的，只有眞琴的家人——有血緣關係的人，但聽到那聲音的眞琴會失眠。

她無奈地走向窗邊。她沒有打開臥室的窗戶。從遮雨板的縫間窺看庭院。鏞石旁邊有人影。俯首的人影忽然抬頭，看向眞琴。同時聲音止息了。

隨著浪濤聲，海潮味和濃濃的腐臭味流入屋內。

感覺霧靄中，暈散的墨色人影有些膨脹了。

眞琴閉上眼睛，對人影合掌。

——對不起。我愛莫能助。

合掌之後，又聽到霧笛般的聲音。眞琴堅持不睜開眼睛。低沉的、呻吟般的嗚咽一直持續到天明。

「颱風好像會來這裡耶。」

一如往常的早晨，邦江打掃完辦公室，打開報紙驚呼說。

大颱風靠近了。眞琴希望颱風轉向，但看來天不從人願。預報顯示，暴風圈會穿過這個城鎭。

「保居，妳家是不是在海邊？」

眞琴稍微停手，回應「是」。

「做好防颱準備了嗎？我記得妳獨自住吧？萬一災情嚴重，有地方可以去嗎？」

「唔，還好。」眞琴只能含糊其詞。面海的破屋，遇到大浪和強風特別可怕。尤其因爲房屋損傷嚴重，每次大颱風來，她都害怕屋子會不會被吹散。萬一情況危急，她也沒有親戚或朋友可以投靠，只能去政府安排的避難所，但她實在不想去附近居民聚集的地方。

「我家也在海邊，屋子損壞得很厲害。因爲海風，金屬一下子就腐爛了呢。」

眞琴滿懷共鳴地點點頭。

「所以二樓的晾衣架都破破爛爛了。我一直想著非修不可，但框架鏽得很嚴重，感覺只是重新上漆也沒救，所以想說乾脆全部換掉，但一想到就懶。」

邦江輕嘆一口氣，說：

「這種時候，做土木的很沒用呢。只是晾衣架罷了，要是可以自己施工就簡單了，可是我們公司主要是做道路工程的。」

「是啊。」眞琴輕笑。

——眞的，如果公司也能做住宅工程就好了。

眞琴家已經嚴重破損，超出極限了。父親還在的時候，會自力進行最起碼的修繕，但父親病死後，就沒人維護房屋了。即使只是外行人湊合著維修，有沒有維修，仍天差地遠。父親過世後，屋子便一路荒廢下去。近年也漏水得非常嚴重。可能是結構也出了問題，強風一颳，屋子就會搖晃。就算想請人來修，也沒有人肯來。父親在的時候，好幾次找人討論房屋翻修，結果每一個業者都裹足不前，最後無疾而終。

想起這些，眞琴一陣心痛。最後說到要重建房子，是什麼時候的事了？那時候眞琴大概還在讀小學，聽大人說房子要變新變漂亮，開心極了。

她鮮明記得來討論的業者叔叔說：小妹妹也需要自己的房間呢。父母微笑點頭，眞琴的內心充滿了期待。大人叫她出去玩，她喜孜孜地出去，看見兩、三個附近的大人站在業者的車子旁邊，探頭看無人的車內。他們一看到眞琴出來，便匆匆離開，但他們的表情讓眞琴有些不安。是來叫跟她一起玩的小孩回家的那種表情。

而實際上，沒有多久，改建房屋的事就沒有下文了。母親哭著說，附近的人想把我們逼走。說，如果我們有了新家，就會永遠住在這裡。與其如此，他們希望我們一家離開，所以才會跟業者說些有的沒的，找碴作梗，阻撓我們。

眞琴不知道這是不是事實。也許是母親的被害妄想。父親曾經落寞地說，「木匠都很迷信嘛」。或許只是業者覺得他們家不吉利，不想接這裡的案子。

總而言之，從此以後，父母絕口不提改建房屋或修繕的事了。父親似乎想要自己設法，但母親好像連這樣的力氣都沒了。

眞琴看著讀報的邦江，不經意地想起了這些往事。

如果我們公司也做住宅工程，邦江的話，會不會願意接案？眞琴儘管一方面這麼想，另一方面卻也不想讓邦江和其他同事知道自己的身世。好不容易大家都把她當成普通的員工對待，要是他們也像附近的人那樣，用忌諱的眼神看她的話——

光是想像，就全身瑟縮。與其毀掉現在這和平的景況，她情願永遠住在那棟破屋。這一帶常有颱風，屋子遲早會因爲過度老舊，嚴重破損，再也無法住人，但她覺得到時候就死了心搬家吧。

離開那座庭院，在小巧雅緻的公寓展開新生活——光是想像，她就渴望得頭昏眼花。整潔的室內、新穎方便的設備，周邊的鄰居就和公司同事一樣，對她一無所知——若是能實現這樣的生活，那該有多美好？她有父母留給她的存款。父母被那個家綁住，想揮霍也無處花用，結果存款愈積愈多。眞琴繼承了那筆錢，要買間小公寓，是輕而易舉。索性——儘管這麼想，但一想到那個家會消失，就感到一陣錐心刺骨的痛。

正因爲一直被房子束縛，忍耐到今天，眞琴與房子已是骨肉相連了。明明完全就是個重擔，然而拿掉這塊壓住自己的石頭，她不知道該如何過下去。反正自己孑然一身，也沒有朋友。她也覺得，被垮掉的屋子壓死，也是自己的命嗎？

被垮掉的屋子壓死——眞琴思索。若是屍體連同瓦礫被浪濤捲走，眞琴自己也會回到那座庭院嗎？想像以霧笛般的聲音嗚咽著，靜靜地佇立在庭院的自己，她覺得莫名地好笑。就算哭喊，也沒有人會來找她、迎接她。不僅如此，屋子毀壞的話，連回去的地方都沒有了。無人聽聞她的哭聲，也無人目睹她佇立的身影。佇立在空蕩蕩的庭院的自己——世上還有比這更空虛的景象嗎？

多麼地空虛、淒涼啊。但——眞琴覺得，這樣也不壞。

從某個意義來說，很適合自己。

這天的晚報，依然沒有發現老人遺體的消息。還沒有找到嗎？——還是找到了，也不會上報？黎明時分，答案揭曉了。

拂曉的昏冥中，霧靄自大海飄來。人影乘著浪潮而來般，從海上來到了庭院。倦懶地踩出濕漉漉的腳步聲，走到「海濱」，在鏽石旁停步。霧笛般嗚咽的聲音傳了過來。

眞琴從遮雨板的隙縫間一看，摀住了臉。

老人漂至岸邊，已經三天了。是卡在岩石隙縫——或是遠離岸邊的離岸堤某處？老人現在仍停留在無人看見的某處——以面目全非的模樣。

——不想看到這種東西。

在霧靄籠罩中佇立的那東西，現在已不再是死者或老人，完全就是一具如假包換的浮屍。原本應該清瘦的身體巨大地膨脹，失去了大半的衣物。身上的皮膚脫落，暴露出底下赤紅的肉，反射著油潤的光澤。臉部腫脹得連相貌都無法分辨，頭髮也幾乎掉光，眼珠早就不見了。眼皮、耳朵和鼻子也都失去了原形，可能是被魚吃掉了。

——眞琴知道。沉落海底的老人會浮上來，是腐敗氣體的關係。來到這裡的第一天，不幸的海難死者呈現老人的面容，只是一時的幻影。

沒有被找到、被棄置在海中的死者，模樣一天天接近實相。這讓眞琴難以忍受。像這樣目睹「死亡」，太教人難忍了。目睹活生生地活動時，那樣美麗溫暖的「人」，其實只是一團爛肉，完全就是酷刑。人一死，就是單純的屍骸——縱然明白，也不願直視。最重要的是，那模樣太駭人了。

眞琴蹲在窗下，閉上眼睛摀住臉。嗚咽著想回家的聲音持續不斷。被那聲音震動般，不牢固的窗戶顫抖著——起風了。

隔天整日吹著濕暖的風。是大氣帶著低氣壓逼近時，獨特的沉悶緊張感。因爲睡眠不足，身體就像微燒般倦怠，眞琴鞭策自己，完成當天的工作。回家時風勢轉強了，成了颱風正式來襲的預兆。天黑後下起雨來，風雨隨著夜深，漸趨強勁。屋外伴隨著敲擊的雨聲，傳來呼嘯的風聲。整棟屋子都在搖晃、吱呀亂叫。遮雨板關上了，但可能是嚴重漏風，老舊的門窗不斷地碰撞，震顫作響。

半夜，臥室角落開始漏水了。眞琴連忙在榻榻米鋪上塑膠布，動員所有的臉盆水桶接水。

風變強了，雨勢也變大了。大雨轟隆隆地從側面撲打上來。浪濤聲也震耳欲聾，彷彿要從海面湧來。從屋縫間吹進來的風，飽含濃濃的海潮味。

——幸好颱風最接近的時間，不是大潮。

若是潮位上升，有時海浪會撲到庭院來。

自小開始，眞琴經歷過好多次的颱風夜。屋子從她小時候就很老舊了，也會漏水，強風會把屋子吹得吱嘎響。她知道這屋子意外地堅固。除非發生什麼特別的事，即使是這樣一棟破屋，還是撐得住。但母親死後，她開始害怕夜晚的暴風雨。沒有人會回應她「不會有事吧」的自言自語。——她沒想到這竟是如此地令人不安。

眞琴想入睡卻睡不著。連日天還沒亮就被吵醒，她一直睡眠不足。有種腦袋深處麻痺般的疲勞感，但每回才剛打盹，就被突來的強風或陡然變大的雨聲給驚醒。房子裡充滿了濕氣與海潮味，而且悶熱極了。時近黎明，風雨終於歇止。聽到風雨聲遠離，眞琴鬆一口氣，落入夢鄉——這時驀地傳來一道霧笛般的巨響，同時玻璃窗搖晃起來。

眞琴跳了起來。她彈起來似地起身，看見臥室窗戶有人影。

昏昏沉沉打盹間，黑夜過去，靛藍的黎明逼近了。微微泛白的窗上貼著一個膨脹的人影，一手敲打著窗戶。

——遮雨板不見了。

昨晚它發出恐怖的聲響，搖晃得很厲害，終於壞掉被吹走了嗎？少了遮蔽物，它發現眞琴在這裡了吧。

原本是老人的物體，以漆黑的眼窩看著眞琴，敲打著窗戶。發出「啵……」的嗚咽聲響。

——她再清楚不過。

這個人只是在傾訴，不會做什麼。他不會危害眞琴，窗戶開著也不會進來。

即便明白，身體還是不由自主地哆嗦。

鼓脹的面龐已然開始崩塌。敲打窗戶的手缺了手指，另一手快從肩膀處斷掉了。是昨晚的暴風雨，讓他在巨浪間飽受摧殘嗎？灰白得詭異的身體遍體鱗傷。

眞琴蹲在被窩上，掩住了臉。

——對不起，我幫不了你。

窗戶發出格外刺耳的一道聲響。抬頭一看，求救地舉著手的老人——原本是老人的物體——被濃霧捲帶著，逐漸遠離。他發出哭號，被吞進霧靄之中。

啊，眞琴心想。他終究沒被找到，就這樣沉沒了嗎？

昨晚風很強，浪也很大。他從漂流到的岸邊又被沖回海裡，沉沒下去了吧。所以——他再也不會過來這裡了。

老人的身體在濃霧中遠離，化成一點墨色消失了。

眞琴再次摀住了臉，哭了一陣。

到了上班時間，風勢完全停了。空中還殘留著烏雲，但也顯而易見地迅速飄過。空氣宛如經過洗滌，一片清新，甚至是潔淨。

屋子似乎就只有遮雨板被吹走而已。她在屋子周圍繞了一圈，沒什麼損壞的地方，卻也沒找到被吹走的遮雨板殘骸。平常只是一片海埔地的石牆下，現在飽含泥巴的褐色濁流以驚人的聲勢洶洶流過。

——遮雨板怎麼辦？

眞琴煩惱著，穿戴好出門。上班路上，枝葉遍地散落，隱隱有泥水沖過的痕跡，但似乎沒慘重災情。沿路的人家，還有路上的大人小孩，都已是平常模樣。

車子開進公司停車場，一樣沒有異狀。反倒可能是平日被風吹聚而來、不斷累積的沙土被沖走了，柏油路看起來比平常更黑，白線也更清晰，乾淨了許多。玄關口，邦江正在把掃起來的殘枝落葉倒進垃圾袋。

「早安。」

眞琴下車道早，邦江親切地笑：

「早——家裡沒事吧？」

「是的。」眞琴回應，前往更衣室，換上夾克，進入辦公室，看見邦江脖子上掛著毛巾，正勤奮地用吸塵器吸地板。眞琴取出拖把拖地期間，邦江開始擦桌子。她手忙個不停，說起昨晚的暴風雨：

「幸好曬衣竿沒被吹走，可是側溝的水滿出來了。」

邦江的家好像也搖晃得很厲害。她一直很擔心搖搖欲墜的曬衣竿會不會被吹走，但這邊撐住了。不過側溝的水滿出來，污泥好像沖進了院子裡。

「玄關也淹水了。幸好用水沖一沖就沒事了，可是剩下的那些泥巴啊……。因爲沒時間，我丟著就來上班了，但一想到回去還要清理那些，實在很沒力。」

她明朗地牢騷之後，問：

「保居，妳家怎麼樣？有沒有哪裡壞掉？」

「我家沒事。」眞琴回答。「可是遮雨板被吹走了。」

因爲已經很舊了——她補了一句，但邦江說著「哎呀哎呀」，停下手來，特地轉向眞琴。

「沒有遮雨板會很困擾吧？妳不是說妳家面海嗎？而且颱風季節才剛開始。有辦法修嗎？」

「我也不曉得。」眞琴含糊地說。「是得找人修啦。」

嘴上說得平淡，但眞琴內心焦慮無比。少了遮雨板，就會看到庭院。從過去的經驗來看，老人應該不會再來庭院了，但她不知道下一個死者什麼時候會來。她想在那之前修好，但遮雨板這種東西她自己搞不定，應該只能拜託業者，然而她毫無頭緒。

「妳們家沒有固定往來的工務店嗎？」

「沒有。」眞琴低下頭去。所以只能任由房子變得那麼破爛。母親當時的絕望感，現在也由眞琴繼承了——反正就算委託，也沒有人肯接。

「我認識幾家，要幫妳問問嗎？」

「咦！」眞琴忍不住發出聲來。她滿心感激。如果是邦江認識的業者，應該就不會拒絕了吧？然而這樣的希望轉瞬即逝，她立刻想到，若是邦江認識的業者來做工程，她不想被別人知道的隱情，也會搞得眾人皆知了。附近的人偷偷向工程業者耳語，工程業者再對邦江耳語——是這樣的構圖。

「呃……可是——這樣太不好意思了，我自己找就好。」

眞琴說著，這時辦公室的電話鈴聲蓋過了她的聲音。眞琴連忙跑向電話，但就在電話旁邊的邦江拿起了話筒：

「您好，大貫建設——啊，溝部先生。」

眞琴聽出是客戶。應該是戶倉工業的員工溝部。掌握狀況後，她輕嘆了一口氣，重新握好拖把，繼續回去拖地板，結果聽到邦江嚴肅的驚呼聲。

「沒問題的，請別在意。倒是請替我轉告戶倉先生，有什麼我可以幫忙的地方，千萬不要客氣，一定要跟我說。」

聽起來像是出了什麼不好的事。眞琴忍不住停手觀望，邦江安慰了幾句，掛了電話，轉向眞琴：

「今天跟戶倉工業的會議取消了。」

「好的。」眞琴點點頭放下拖把，把白板上的預定擦掉。背後傳來深深嘆息。

「聽說戶倉工業的小孩被水沖走了。」

眞琴回頭：

「……是戶倉老闆的小孩嗎？」

「不是，聽說是孫女。小學二年級。說昨天晚上掉進水渠，就找不到人了。」

「昨晚——」

「聽說兒子家那邊，水渠的水淹到房屋土地裡面，水位愈來愈高，而且屋子離河川很近，很危險，所以全家準備去戶倉先生家避難。沒想到出門的時候，女兒突然不見了——他們猜想可能是掉進水渠裡面了。」

因爲泥水淹得到處都是，好像看不出水渠在哪裡——邦江心痛地說。

「而且當時應該又很黑。雖然說入夜以後最好不要再出門避難，可是水都淹進來了，當然會想離開吧。」

眞琴無言地點點頭。

「就算想搜索，昨晚風雨也那麼大。今天一早戶倉先生和員工好像也都趕過去幫忙找——」

邦江含糊帶過。眞琴也無言以對。

——小學二年級。

還那麼小。在昨晚那場暴風雨中落水——

「我們家旁邊就是河，到現在都還是一片濁流。」

眞琴說，邦江點點頭：

「……是被沖到海裡去了嗎……？」

眞琴一陣悚慄。

——海。

——要是被沖進海裡。

這天上午，眞琴完全無法工作。來上班的員工從邦江那裡聽到這件事，都說「希望能找到」，但又含糊地接著說「可是」。每個人心裡都在想，不可能還有救。若是至少能找到遺體就好了，但弄個不好，會被沖進海裡，這樣應該連遺體都找不到了——

——小學二年級的小女孩。

眞琴滿腦子都被這件事占據了。

——遮雨板被吹走了。

已經沒有遮蔽視野的東西了。然而有個小女孩被沖進海裡了。

一想到這裡，連午飯都食不下嚥。眞琴鬱悶地收拾午休的茶杯和餐具，邦江走進茶水間：

「保居，這給妳。」

她說著遞出一張便條紙。眞琴不解其意，愣在原地，邦江說：

「妳家的遮雨板。我問過熟悉的幾個木匠，但每個人都說連續颱風天，忙不過來。不過有人介紹說這家應該可以幫忙。」

接過來的便條紙上，寫著工務店的姓名和電話號碼。

「對方說，遮雨板很快就可以做好。他們會先去估價，請妳通知方便的時間。」

「謝謝。」眞琴道謝，但仍猶豫眞的可以委託嗎？不過她還是很開心。這眞的幫助很大。

邦江微微側頭：

「我這樣會太雞婆嗎？」

「完全不會，眞的很謝謝。」

「那就好。」邦江笑道。

眞琴立刻聯絡了工務店，對方說剛好就在附近工作，回頭會順道過來眞琴家。遮雨板的話，應該一天的工夫就可以做好。那樣的話，應該也不會被附近住戶從中作梗。儘管眞琴依然害怕鄰居對她家的議論傳入邦江耳中，但她現在顧不得那些了。萬一小女孩被沖進海裡的話。

這天一整天，她留意各方消息，但可惜的是，小女孩好像還沒有被找到。警方和消防出動搜索附近的水渠，以及從河流到海邊的各處，但都沒有收穫。也因爲戶倉工業是很熟的客戶，職場氣氛十分低迷。眞琴在沒有任何好消息的情況下離開公司，直接回家。一到家，屋前已經停著一輛印有工務店名稱的廂型車。

「讓您久等了嗎？」

眞琴連忙下車，一名體格十分健壯的老人轉過身來。

「您好。」老人面露和藹可親的笑容，自我介紹姓隅田，望向玄關旁邊的窗戶。「——是這塊遮雨板嗎？」

「不是。」眞琴苦笑。確實，玄關旁邊的遮雨板狀況也很糟，處處腐爛破洞，還整個歪斜。可能因爲這樣而只能開關一半，但面對屋子正面的遮雨板即使這樣也無所謂。

「是後面的遮雨板。」眞琴說，繞過屋子，把隈田領至屋後。經過「海濱」邊緣，前往臥室外面。

「是這邊的。」

眞琴指示遮雨板完全消失，窗框也大大地傾斜垂下的窗戶。

「哇，好慘呢。」

隈田揚聲說。

「整片遮雨板都被吹走了嗎？被吹到哪裡了？」

「早上我也找了一下，沒有找到。應該是被吹進海裡了。」

「這樣。」隈田低吟著仰望牆壁，敲打各處說：

「這個窗框已經不行了呢。就算把遮雨板趕出來，也裝不進去。收納遮雨板的邊箱也爛掉了，全部拆掉，或是乾脆換成鋁框比較好。」

「拜託，遮雨板就好，我希望盡快趕出來。」

「颱風季節要來了嘛。」隈田說。「我當然會幫忙，不過就算要裝鋁框，這牆壁也損傷得很嚴重。這邊也得先修理才行。」

「不修理就沒辦法裝嗎？」

眞琴問，隈田歪起頭說：

「硬是要裝，或許也是裝得上去——得試試看才知道呢。這面牆有辦法撐住鋁框的重量嗎？」

說完後，隈田溫和地微笑：

「我說這話是爲客人好，趁這個機會把牆壁也修一修吧。這話由我說聽起來像推銷，實在不好意思，但就算勉強修修補補硬裝上去，也很快就會壞掉了。」

「那樣也沒關係。」眞琴強勢地說。「我想趕快裝上遮雨板。」

隈田爲難地沉默了。

「如果修理遮雨板很花時間，可以請您先用板子還是什麼遮起來嗎？」

「木板也是很重的啊。要是牆壁不夠牢固，板子很快就會掉下來了，而且把窗戶封起來，光和風都進不去了，對房屋和小姐都不好。」

「那薄板子呢？就算是合板那種薄薄的板子也可以。」

「淋到雨很快就會裂開了。」隈田說完後，問：「您好像很急，可以請教為什麼要這麼急嗎？」

瞬間眞琴語塞了。

「也是可以在這裡裝上鋁框，兩三下就能完工了。不過，我是盡量不願意這樣做。裝窗框的牆壁已經損傷得很嚴重，就算勉強裝上去，一定也很快就會扭曲傾斜了。如果能夠，我是不想做這樣的工程。」

眞琴低下頭去。

「恕我冒昧，是費用方面的問題嗎？那我可以設想盡可能負擔較小的方案。」

「不是錢的問題。」眞琴說。「如果您可以立刻弄好，多少錢都不是問題。」

「那，是時間的問題？」

「我想快點弄好。若是可以，希望今晚就裝好，但應該沒辦法這麼快吧？」

「挑選鋁框，下訂，調整交貨時間——我們也有自己的工作安排，所以沒辦法說今天答應，明天就弄好。」

「……怎麼這樣……」

「如果有什麼理由，可以說來聽聽嗎？或許有什麼我幫得上忙的地方。」

眞琴低下頭，接著抬頭：

「我不想看到庭院。那個小女孩一定會來。」

「——小女孩？」

「客戶的孫女。聽說才小學二年級。她昨晚掉進水路被沖走了，應該過世了。如果死後被沖進海裡，或許會在黎明的時候來到這座庭院，叫人找到她的遺體。」

眞琴急促地說。

祖母說過，夏天的話，遺體會在三天以內浮起來。水溫愈高，浮起得愈快。在鄰近岸邊水淺的地方，一兩天就浮起來也是常有的事——不想看到小女孩的屍體。只要可以不看到小女孩嗚咽著說想回家的身影，她願意付出任何代價。

眞琴心中，有什麼潰堤了。

「一直到我曾祖父那一代，這就是我們家的營生。告訴尋找遺體的人要去哪裡找——因爲我們家做的是這種怪力亂神的事，沒有人願意來修理我們家。我們好幾次想修理這個家，甚至是重蓋，但就算請業者來，附近的人也會偷偷叫他們不要跟我們家扯上關係，最後都拒絕了。從我父母那一代就一直是這樣。因爲我們家是跟死亡有關的可疑人家。」

不僅如此，所有的人都把眞琴家視爲忌諱。

「我想您沒辦法在這裡做工程太久。光是有車子停在我們家，附近鄰居就會抗議。每個業者都被抗議噪音很吵，聽到一堆可疑的事，拒絕做我家的工程。所以我希望您可以一次搞定。如果一次做完，或許就不會被他們妨礙。」

眞琴一口氣說完，只見隈田撇下嘴角，露出氣憤的表情。

——我明白，這是強人所難。而且如果眞的那麼不想看，可以睡在沒有窗戶的房間，或是離開家裡，暫時逃到旅館。或乾脆拋下這個家搬走就行了。

——我只是想拋下自己背負的責任。

隈田板著臉，別過頭去。

「眞教人看不慣——我實在看不慣這種事。」

眞琴直盯著隈田的臉。可能是注意到她的視線，隈田慌了似地看向眞琴，擠出溫和的笑容：

「……我理解狀況了。可以稍等一下嗎？」

隈田說，走向門口，一邊從口袋掏出手機。他好像和誰講了一陣子電話，很快就回來了。

「等下會有個年輕人過來幫忙。他會做些應急處理，讓小姐撐過眼前問題。」

眞琴吃了一驚：

「現在嗎？」

「全部處理好，可能要到晚上了，但不會弄到天亮。我先回去一趟，拿發電機和燈具過來。」

就像隈田說的，不到三十分鐘，來了一名年輕師傅。年輕人自稱「尾端」，遞出名片給眞琴。上面印著「營繕屋　苅萱」。

「營繕屋……」

「是的。」尾端笑道。「平常我都獨自修繕房屋，今天來幫忙隈田先生的工程。」

「這樣啊。」

「修理的問題都交給我——雖然想這麼說……」尾端說著，仰望牆壁。「確實就像隈田先生說的，得從牆壁的結構開始處理才有辦法呢。」

眞琴咬住了下唇。

「聽說您不想看到庭院？」

被尾端柔和的眼神一望，眞琴點了點頭。等待尾端過來的期間，先前的激動平息下來，取而代之，平時的認命就宛如潮水重新湧上，再度充塞心頭。

「拉上窗簾的話，就可以遮住視野——不過或許是框上的橫木爛掉了，窗簾軌很久以前就掉了……」

「啊……」尾端喃喃，從腰間的袋子抽出鐵鎚，伸手輕敲了幾下窗戶上緣。「是腐爛的聲音呢。這樣螺絲和釘子都咬不住吧。」

「只能從內側在玻璃上貼紙擋住了呢……」

眞琴無力地笑，尾端說：

「就算暫時可以這樣處理，還是需要遮雨板吧。這個地點，若是風從海上颳來，完全沒有遮擋的東西。」

「……是啊。」

「而且，這是貼上紙就能解決的問題嗎？」

眞琴一驚，隨即露出微笑。是慘淡的苦笑。

「貼上紙就看不到了，而且只要看不到就好了。反正他們也不會做什麼。」

「聽說——死人會來訪？」

「對。」眞琴自暴自棄地回答。「可是，只是看的人難受，他們不會做壞事。」

「既然難受，還是得想辦法處理吧？」

眞琴搖搖頭：

「沒辦法阻止他們過來。不曉得他們爲什麼會來這座庭院，只知道好像是來通知自己的所在。也不知道是從什麼時候開始的。我只聽說從以前就是這樣的。」

只能說，這裡就是這樣的家。

「如果他們會進來庭院，造成問題，也可以設籬笆。」

「我覺得那樣阻止不了。」

口吻變得像在勸諫，眞琴自己覺得好笑。

「那裡不是有像木圍牆的東西嗎？」

眞琴指著庭院邊緣靠海的一處。可能是因爲潮水而失去生氣的樹木間，半毀的竹籬笆只有一個地方，是釘上橫板做成的圍牆，已經腐朽得差不多了。那是母親唯一做過的東西。那個地方剛好有一座通往水邊的石階。零星生長著蘆葦的岸邊即使看似陸地，若是隨意踏入，會沉入泥濘。石階只有滿潮的時候才用得上，是古時小舟靠岸的時代留下的遺跡。

「很醜的圍牆對吧？是從來沒有拿過鐵鎚的我媽拚了命做出來的。她希望只要擋住石階，死人就不會再來了——當然，那一點意義都沒有。」

眞琴悲切地微笑：

「到了黎明，晨霧就會湧上來。死人會跟著晨霧一起過來——籬笆不可能阻止霧氣侵入，對吧？」

「那麼——在窗戶前面搭一座擋住視野的籬笆呢？」

「把靠海的窗戶全部擋住嗎？」

眞琴說，露出微笑。

「確實——那樣就不會看見了呢。可是來不及在被沖走的小女孩過來之前搭好，而且我覺得應該沒辦法進行這麼浩大的工程。鄰居不會容許的。」

眞琴說出她們家過去數次想要翻修房屋，卻無疾而終。尾端嚴肅地聆聽，說：

「或許過去發生過這樣的事，但現在時代已經不同了。」

「是嗎？」

眞琴反問，尾端若有所思地沉默了一下，說：

「不過，如果保居小姐願意委託，隈田先生會接的。不管任何人說什麼、遇到什麼妨礙，除非保居小姐拒絕，否則他一定會完成工作。他就是這樣的人。」

眞琴不知該如何反應，嘆了一口氣：

「以前家裡想做工程，還只是討論階段，業者好像就接到許多抗議。」

把車子停在路邊，鄰居就再三過來抗議擋路。那是小孩上下學的路線，卡車不能停在這裡。這裡是安靜的社區，不可以製造噪音。如果要施工，絕對不能製造聲音——業者好像遇到這樣的惡意刁難。

「前面的水路是水渠，所以鄰居說不准把摻了水泥的水排放進去。」

還說視情況要拒絕排水，聽到這話，業者終於投降了——至少後來母親這樣說。眞琴這麼說，尾端問：

「府上前面那條水路嗎？那不是農業水渠，是市政府的排水道啊。」

「是嗎？」

「所以只要取得市政府的同意，任何人都不能阻止排水。可能是令堂或業者有某些誤會——或者是說的人基於錯誤認知而這樣說。」

「這樣啊……」

尾端微笑：

「隈田先生又不是在做違法的事，只要沒有違法就沒人有權力制止。如果他們刁難或強行做什麼，反而是隈田先生可以投訴他們的違法行爲。所以沒問題的。」

「眞的？」眞琴說不出話。「可是，如果發生糾紛，會給你們造成麻煩吧？」

「造成麻煩的又不是保居小姐。」

「可是……」話到口邊，眞琴噤聲了。

──他們眞的願意幫忙嗎？

「爲什麼您們願意這樣幫忙我？」

「這是工作啊。」

「只是修遮雨板的小工程而已啊。」

眞琴說，尾端表情嚴肅地沉思下去。

「我不太會解釋……」他支吾了一下說：「家作爲建築物，只是個容器，但我認爲家非常重要。怎麼說，住在舒適的家，對住的人也是好事。不是新就是好，也不是愈大愈方便就好。就算老舊破爛，但住的人覺得舒服──我覺得這樣的家才是最好的。」

眞琴側著頭，聽得入神。

「所以，我希望保居小姐的家，對您而言是個舒適的家。我想隈田先生一定也是這麼想的。」

尾端說完，又說：

「把這棟房子好好修理一下吧。難得您父母留下這棟屋子給您。先把遮雨板修好。如果首要之務是看不到庭院，也可以把窗戶現在的位置封起來，把窗移到看不到庭院的高處。」

或許可以不必再看到了，眞琴反射性地想——只要他們願意伸出援手，自己就可以不必再看到那些讓人難受的身影了。

「可是……還有聲音。大概是死者的聲音……」

「性能好的窗框，隔音也很好。也可以在修理外牆時加入有隔音效果的隔熱材。不管怎麼樣，靠海那側的外牆都損傷得很嚴重，我覺得趁這個機會修理一下比較好。」

那強而有力的聲音，讓一直硬塞進心底的事物湧上喉邊。太多的情緒衝上心頭，化成淚水奪眶而出。

「——可以請你們幫我嗎？我已經受夠了。我受夠看到那些讓人難受的東西，也不想要任由屋子再荒廢腐爛下去了。」

「樂意之至。」

這天，隈田和尾端修好了遮雨板，說「這只是暫時應急」。他們打了樁子，用木塊從底下撐住窗框，頂回原本位置，再用薄合板做了簡單的遮雨板先裝進去。雖然忙到三更半夜，但遮雨板可以開關，也沒有隙縫了。

時隔數年造訪的完全黑暗讓眞琴安心。這下就不會忍不住或不小心瞥見庭院。隈田和尾端一邊施工，一邊提出各種修繕計畫。這裡最好修理、這裡這樣做應該就不會看到庭院了——他們絞盡腦汁，設法讓眞琴的生活過得更舒適，讓她開心極了。她覺得總算得救了。同時，過去只擁有庭院的眞琴，覺得現在終於得到了「家」。一直以來，眞琴都沒有家。建築物只是庭院的附屬品。她覺得，它就要變成一個完整的家了。自己也要有家了——

眞琴坐在起居間想著這些。她在小矮桌上點燃蠟燭，注視著搖曳的火焰。她讓起居間的遮雨板稍微開一條縫。飽含潮氣的海風與浪濤聲，靜靜流入開合不易的落地窗。

眞琴思考著終於得到的家，以及往後在這裡的生活，不知不覺天亮了。天空開始泛白，同時宛如潮水從海面湧來一般，霧靄籠罩上來。濃霧一波波湧近，流入庭院，很快地，迷濛的景色裡，傳來踏過泥濘的細微腳步聲。

眞琴吹熄蠟燭，注視著那身影。暈滲的墨色黑影又細又小，感覺無依無靠。黑影不安地走近，在庭院左邊停下腳步。站在母親做的圍牆正面。

——是那裡。

被大水吞沒、捲入海裡的小小身軀。她有多麼害怕、多麼難過？——又是多麼想回家？

眞琴確認人影的位置後，悄悄拉上起居間的窗簾。

隔天，眞琴通知公司會晚到，開車出門。她穿過市區，看著城堡過橋，越過縣境。進入隔壁行政區後轉往海邊，把車停在鄰近海岸的神社停車場。她從那裡徒步越過防波堤，下去海邊。

海邊沒有人影，也沒有生物的氣息，只有沉重地飽含潮氣的風從海面吹來。打上沙灘的浪很小，海浪聲也很小。起伏的小草叢前方，消波塊堆積而成的突堤朝海面延伸。

眞琴鼓舞著沉重的腳，走向突堤。經過上方以混凝土固定的突堤，逐一檢視靠海的消波塊。它就在接近末端的消波塊縫間。透出水面的一團粉櫻色令人心痛。

眞琴合掌後，掏出手機，做了個深呼吸，打電話報警。

——我一直在想。

如果沒有人來問，主動通知就行了。主動找出來就行了。然而她從來沒有付諸實行。她覺得以前的自己心有不甘，怨嘆爲何非是她不可，同時也不想被捲進麻煩。她也不願因此又被鄰居說閒話。她不懂爲何自己必須付出這麼多犧牲。

但是，她終於能付諸實行了。她覺得一方面是因爲對方是個小孩。她不想看到那孩子化成屍骸，日漸腐爛。同時得到了自己的家，這份踏實也小小推了她一把。有人忠於「住在舒適的家是好事」的信念，讓她也想要忠於自己的想法。死者回家是好事——所以讓他們回家吧。因爲自己有這份能力。

她這麼想著結束通話，掛斷電話，當場蹲下來，對著淡櫻色人影合掌膜拜。

——再等一下喔。

再一下就能回家了。

# 睡美人

「——咦？這不是加納嗎？」

結帳時忽然有人叫她，響子把視線從摸索皮包的手抬起。收銀台裡站著一名平凡無奇的中年女店員，拿著響子遞過去的商品，驚訝地瞠目。是誰？響子正自疑惑，腦中忽然浮現少女的面容——是國中同學。大概。

這裡是離家不遠的藥妝店。響子正把清潔劑和打掃用品放到收銀台上。

「好久不見。」

響子依然想不起對方的名字，微笑寒暄。

「我還以爲妳去大都市了。」

「我搬回來了。」

「是喔？」對方說。「我聽說妳當醫生了。」

鄉下的情報網還是一樣可怕，響子心想，點了點頭：

「是啊，牙醫。」

「那，要在這邊開診所嗎？」

老同學邊結帳邊問。

「算是吧。」

響子舉了一家當地牙醫診所的名字。

「朋友介紹，我要接那邊的診所。」

「哦——那裡啊。兒子好像不成才呢。」

響子一邊接過商品，一邊苦笑。情報網的密度和廣度雖然驚人，但精確度不成比例。兒子沒有接診所是事實，但並非不成才，反而相當優秀，考上東京知名的大學，在一流企業步步高升。人家只是單純沒有當牙醫而已。

——都是這樣的嗎？

還保留著兒子天經地義要繼承家業的觀念，眞的很像這地方的風氣。應該是認定既然沒有繼承家裡，鐵定是想繼承也沒辦法繼承。可能是因爲過去是城下町的關係，故鄉這裡的風氣十分守舊。響子自己在上大學的時候，也聽到過類似批判的意見。儘管大半都是「好厲害」的稱讚，但也有不少人批評她「又不是醫生的小孩，女生讀什麼醫學系（正確地說是牙醫系）」，讓她傻眼。

響子對同學揮手道別，走出店門口，再次苦笑。

——批判得最大聲的就是母親。

響子上了車，輕嘆了一口氣。

——女生讀什麼醫學系。

——要是醫生的小孩也就罷了。

母親到底想要表達什麼？「太囂張」？「沒女人味」？「自不量力」？

父親在響子小時候就過世了，因此若是沒有歡天喜地為她開心的祖父母的援助，她應該沒辦法升學。她和母親關係本來就不好，但因為這件事，她和母親正式決裂。響子靠著獎學金和祖父母資助的生活費讀到畢業，和母親只透過祖父母聯絡。在這次搬回故鄉之前，她只回家過兩次。一次是兩年前，母親葬禮的時候。另一次是母親葬禮的十五年前，姊姊過世的時候。

她對故鄉和老家都沒有感情。母親死後，無人居住的老家就丟在那裡。原本她打算處理完各種手續後，就把它賣掉，但忙於每一天的生活，兩年就這樣過去了。

——現在得為此付出代價了。

響子回到家，把車停進自家停車場。響子家位在鄰近城堡的住宅區。周圍許多儼然老豪宅的房屋，但響子家很小。土地雖然很寬裕，但屋子相當雅致。這是祖父蓋的家，因此屋齡很老了，但因為造型很現代，住起來還算方便。

把自己的物品搬進老家，逐一拆箱。因為把充滿母親氣息的家具什物大量處理掉了，屋內一片空蕩蕩。雖然廚房兼飯廳以及客廳的家具都重買了，但仍缺了不少東西，而且也難說已經清掃完畢了。搬家的行李也才好不容易拆了一半。把採買的東西放到廚房地上，先泡了杯紅茶。在窗邊沙發坐下來，吁了一口氣。

面南的大片落地窗外是庭院。屋後是神社，以那片蓊鬱的森林為背景，是一片荒廢的庭院。與聊備一格的前院相比，面積意外地大，但因為棄置了兩年之久，成了一片草叢。高聳的雜草湮沒院子，在帶著秋意的風中擺動著。另一頭鎮坐著聽說以前是獨棟住家的老舊小屋，連屋頂都被綠意所覆蓋。

短短兩年，就荒廢到這種地步嗎？她想。

——母親過世，是五月中的事。接到祖母聯絡，響子匆促返鄉。她直接趕到醫院，時隔十五年見到了母親。母親整個人變了副模樣。躺在床上的，是個乾瘦的老女人，刻畫著苦悶皺紋的臉周，是一頭蓬亂的灰髮。

——好像陌生人。

記得當時她這麼想。那確實是母親，但是和響子分離的期間，母親成了老人、變得憔悴。

她領取變得像別人的母親大體載回家。這也是她時隔十五年第一次踏進老家。屋子幾乎沒變。外觀雖然舊了，但響子還住在這裡的時候就這麼舊了，因此不覺得哪裡奇怪。屋內也幾乎沒變，大概就只有廚房等設備稍有變化。親戚說「休息一下吧」，祖母和嬸嬸們熟門熟路地開始收拾東西、準備茶水。響子覺得自己好像客人，漫不經心地站在起居室窗邊。落地窗旁有一架鋼琴。鋼琴上擺飾著好幾幀相框。全都是姊姊的照片。

——沒有父親、沒有祖父母的照片，也沒有響子的照片。也沒有半張響子入鏡的全家福。全都是姊姊，或是姊姊和母親的合照。

她並不驚訝。母親本來就是這種人。

某天，嶄新的鋼琴被搬進起居室。記得是響子還在讀幼稚園的時候。然後姊姊開始上鋼琴課。響子也想一起學，但母親不讓她學。一開始母親應該是說她還小，說等她上小學再說，但響子上小學的時候，已經不想學什麼鋼琴了。因爲每次她摸姊姊的鋼琴，就會招來母親惡狠狠的斥罵，徹底痛恨鋼琴了。

嶄新的鋼琴是姊姊的，響子不可以碰。發表會等風光舞台，都一定會新買的漂亮禮服也是只屬於姊姊的，沒有響子的份。全家出門參加的鋼琴發表會，只有響子一個人被留在家裡。母親對外人說因爲響子會吵鬧，但她連一次都沒有去過，怎麼知道她會不會吵鬧？祖母想讓響子穿姊姊留下的禮服，母親拒絕說「響子皮膚太黑，不適合」。姊姊穿不下的禮服，母親也全部保留下來，沒有丟掉，沒有送人，也絕對不許響子去碰。

高中一畢業，響子就對這樣的母親徹底心死，搬出家裡。她相信自己不是母親的女兒。母親的女兒只有姊姊一個人。許多的相框，僅僅是讓她確認了已知的事實，沒有什麼值得生氣的——然而當響子拉開起居室的窗簾，卻震驚不已。

十五年前，她因爲姊姊過世回家時，窗外是一座傳統日本庭園。有修剪過的樹木與排列的雅石，很普通的日本風庭院。她記得每年會請園丁來整理一次，此外便未加打理，客套也稱不上是美麗的庭園，頂多只能說是不礙眼吧。原本是教師的母親，對蒔花弄草不感興趣。

那座庭園徹底變了副模樣。

應該緊鄰窗外的長木平台被撤掉，相反地，設了一座鋪上淡紅褐色亂石的陽台，對面則是鑲紅磚的花壇。不只是單純地變成西式而已，當時是初夏，庭院就如同文字形容，各種白色花卉恣意怒放。

正面是神社深綠的森林，以它爲背景，鎮坐著白色的小屋。連它的屋頂都被密密麻麻的白色蔓玫瑰所覆蓋。周圍的日蔭處，綻放著優雅的白百合，陽光下的花壇，則開滿了大小白花，璀璨光輝。

是一座美得驚人的白色花園。跨過園路的拱頂上，覆蓋著大朵的白玫瑰，與神社的境界的磚牆上則爬著白藤花。最耀眼奪目的是小屋。可能摻雜了許多品種，大小白玫瑰在各處群生綻放，美得宛如某種紀念碑。

——母親不是出於嗜好而種的吧。

面對這光景，響子覺得整個人好似凍結了。

姊姊百合香死在小屋裡。她在那裡一個人悄悄地上吊自殺了。覆蓋小屋的玫瑰，或許是在祭悼姊姊。

有時父母會對孩子偏心。這個年紀的響子已經知道，這樣的例子並不少見。母親偏愛姊姊，甚至可以說，她眼中只有姊姊。苗條美麗的姊姊，有著一身通透白皙的肌膚，偏栗色的頭髮細緻光澤。姊姊溫和、內向、文靜，和骨架粗壯膚色黝黑盛氣凌人的響子，是兩個對極。姊姊人如其名，就像一朵白色的花朵。

美麗的白色庭園，就像姊姊的化身。母親爲了祭悼姊姊、緬懷姊姊，打造了這座庭園。她肯定就像一直以來對待姊姊那樣，不惜餘力地維護打理，灌注全部的愛情。

響子在一瞬之間理解了一切，一顆心變得無比冷硬。她麻木無感地處理完母親的葬禮，把後續各種手續交給親戚，匆匆離開老家了。此後兩年之間，就把屋子丟著沒管。她不打算再次看到這個家、這座庭園。

——然而她回來了。

起初她考慮賣掉這個家。但想到耗費的勞力及實際賣得金額，就覺得愚蠢。牙醫的收入沒有一般人以爲的那麼優渥。她想，既然有免費的房子，爲何不住？她已經沒有打死再也不回老家的強烈情緒了。大概在目睹庭園、大受震撼的那瞬間，最後殘存的對母親的親情就已經死透了。因為有條件不錯的工作，所以返鄉。因為有可以住的房子，所以搬進去住。東西都不要了，所以丟掉。母親的衣服她不能穿，母親生前用的家具和餐具不合品味。母親留下的姊姊的東西也都丟了。因為響子不需要。鋼琴，還有鋼琴上及各處的相片也扔了。因為這些響子也不需要。響子不會彈琴，家人的照片，有一本相簿就夠了吧。

母親的氣息和回憶全部一掃而空，老屋裡就像空屋一樣，一片空落落。加上那座徹底荒廢的庭園，就宛如廢屋。明明原本那麼美，卻變得面目全非。

——也沒什麼不好，響子心想。

一切都過去了。往後響子要在這裡展開新生活。

搬家後的整理、繁雜的手續。預期到這些忙碌，響子請了較長的休假作為準備期，然而時間一晃而過。打掃完畢，添購不足的家具，拆箱物品。當屋子裡東西終於各安其位，能夠生活時，休假已經用掉大半了。這段期間，荒廢的庭院依舊完全沒有整理。

就算清個雜草也好，否則實在不算搬家完畢，而且休假結束後，就很難再請長假了。話說回來，如此廣大的面積、如此荒蕪的庭園，要耗費多少勞力，才能讓它變得至少不礙眼？

乾脆請業者來整理好了？——響子盤算著，走出庭園。茂密的雜草一路長到屋子近旁。再怎麼說，也不能放任這種狀態置之不理，而且愈是置之不理，將來會更難處理吧。想到這裡，響子嘆了一口氣，這時近處傳來聲音：

「咦，響子？」

轉過頭去一看，覆蓋瓦片的圍牆上探出一顆老婦人的頭。是隔壁鄰居充代。

「阿姨——？咦？」

響子慌了。隔壁家圍牆很高，輕易超過響子的身高，然而嬌小的老婦人充代的頭卻出現在高聳的圍牆另一側，把她嚇了一跳。充代似乎察覺她驚慌的理由，笑道：

「這邊有台子啦。老頭子說是賞月台。說要邊喝酒邊賞月，請人做了個台子，結果變成孫子的遊樂場。」

「啊……原來是這樣。」

隔壁是一棟大豪宅，建築物周圍是一大片精緻的日本庭園。

「今天不用上班嗎？休假？」

充代問，響子說：

「還要再休幾天。」

「光是搬家，就是個大工程嘛。房子都整理好了嗎？」

「勉強。」響子回答。「我正束手無策，不曉得拿剩下的這座庭園怎麼辦。」

充代笑出聲來：

「到了冬天，自己就會枯萎變清爽了。不急不急。」

響子搬回來的時候，曾去向鄰居打招呼，說明搬回來的原委。小時候不知爲何，她覺得充代不苟言笑，不太喜歡，但現在重又見面，卻是個爽朗好相處的人。

「我想在開始上班前搞定。」

「說得也是。」充代喃喃說。「開業以後，就沒空整理庭院了嘛。」

「我好陣子都是受僱醫生啦。」

「咦，是這樣嗎？」

「突然換醫生，也會給病患造成困擾。所以暫時是院長看上午，我看下午。」

然後循序漸進增加響子的看診時間，預定約兩年後院長退休，由響子繼承。

「要從熟悉病患和護理師開始呢，眞辛苦。」

響子僅止於矜持地微笑。這是工作，辛苦也是沒辦法的事。

「乾脆鋪上碎石那些，就不必花工夫管理了——要維持這麼大的庭園，不管怎麼想都很費事呢。」

「是啊。」充代說。「如果像我們家的院子，主要是石頭和樹木，除草倒也還好，但妳們家花壇這麼多，實在很辛苦。而且有很多玫瑰。」

「到底是花了多少心血啊？」

響子忍不住喃喃道，連忙又對充代說：

「我實在無法想像我母親蒔花弄草的樣子。」

「她退休以後，整天都待在院子裡呢。」

充代露出複雜微笑。充代就住在隔壁，對響子家的內情大致都清楚吧。

「以前真的很漂亮，不過若不是全心投入，實在沒辦法做到那種程度。更何況妳還要工作。」

「我媽那麼投入嗎？」

響子問，充代的臉色有些沉了下來：

「……簡直就像著了魔一樣。」

——著了魔，是嗎？

後來響子以生疏的動作割了雜草。她想，總之得先把這片驚人的草叢處理掉，找到一把生鏽的鐮刀，割掉高聳茂密的雜草。

她能想像母親扭曲的熱情。看在他人眼中，那是有些病態的熱情吧。

——實際上，或許母親病了。

十七年前，姊姊過世以後母親那瘋狂的模樣，她記憶猶新。某天，祖母突然通知她姊姊的死訊。響子震驚極了，立刻趕回家。母親呼天喊地，攻擊一切。當時姊姊在當地銀行上班，母親連前來致哀的姊姊同事都罵。母親指控一定是同事嫉妒姊姊，聯手欺負她。周圍的人都被她嚇到了，並擔心她的精神狀況。響子也實在無法撒手不管，大學請了假，想要盡可能支持母親，然而初七那天，母親在親戚也在場的法事中對她說「爲什麼死的不是妳」，讓她徹底心灰意冷。

當時她認爲，母親會陷入瘋狂也是難怪。母親那麼偏愛姊姊，姊姊卻選擇了自殺。而且姊姊沒有留下遺書，沒有人知道她爲何尋短。母親會不分青紅皀白，懷疑、指責一切，也是當然的——當時的響子已經足夠成熟這樣去想了。所以她才會擔心母親，拋下學業留在家裡，然而母親卻那樣待她。當時響子已經大五，實習前的考試迫在眉睫。如果沒有通過考試，就無法參加實習，無法報名國考。清楚這一切代價，仍願意留下來的自己，眞是太傻了。

——我果然不是她的女兒。

母親的女兒只有姊姊一人。她失去唯一的女兒，所以瘋了。雖然令人同情，但與自己無關。響子如此切割，把母親交給親戚，返回大學。親戚也無人阻止。

此後，她和母親斷絕了聯絡。

——不。

只有一次，她主動聯絡了母親。是決定要結婚的時候。她是期望藉著結婚的機會，拉近和母親的距離嗎？總之她打電話報告了婚訊。我要結婚了，明年年初就要辦婚宴——希望妳來參加，她還沒說出這句話，母親就說：「妳該不會肖想穿婚紗吧？」妳姊這輩子都沒機會披上婚紗，妳這個妹妹居然敢痴心妄想？聽到母親的詰問，響子甩下電話。她和母親徹底斷絕關係了。她也對親戚們如此宣告，請他們往後再也不要對她提起母親。她沒有邀母親，辦了婚禮，三年後離婚了。想當然耳，她沒有把離婚的事通知母親。自從宣布斷絕母女關係以後，她也沒有再聽到母親的消息。久違地聽到母親的名字，是兩年前接到她的死訊的時候。

響子不知道母親後來狀況。也許姊姊的死帶來打擊，讓她失去精神平衡，再也沒有恢復過來。她不斷地緬懷著姊姊，把一切都奉獻給那座庭園了嗎？

——割草這工作不好。

響子割著草，不由自主地這麼想。她覺得腦袋放空、一個勁地動手的單調工作，對於內心懷抱著積鬱的人不好。空掉的腦袋會引來無益的思考。母親大概不斷地在緬懷著死去的姊姊吧。陷溺在沒有結論也沒有救贖的思考當中——就像響子現在忍不住想到母親一樣。

得在不可自拔之前完成割草才行。

一旦決定速戰速決，大概處理就好，接下來就快了。她把生鏽的鐮刀和受損的工具一起丟掉，重新買齊了所需的工具。也買了電動割草機。在文明利器的協助之下，三天就把草割完了。清除雜草後，變成了一座近乎寒磣的單調庭園。

原本種植的花草，因爲幾乎都無法和雜草分辨，所以割掉了。到處生長著各種小樹苗，應該是鳥兒帶來的種子長成的，但也全部砍除或拔掉。母親種的玫瑰大半都枯了。也許只是看起來枯了而已，但響子確定自己照顧不了，只留下勉強倖存的三株玫瑰，其他的全部割掉了。碩果僅存的玫瑰，每一株枝條都很細瘦，掛著稀疏的葉子，還開了幾朵秋花，眞是堅忍不拔。

她想，就這幾株，好好照顧吧。難得有庭院，希望可以稍微欣賞一下花朵。氣候舒適的季節，天氣宜人的日子，若是可以坐在庭園喝個茶就好了。至少她不希望一看到窗外就感到憂鬱。

響子懷著這樣的心思，拿著剪刀站在小屋前。小屋整個被玫瑰覆蓋了，入口也爬滿了厚厚的枝條，別說開門了，幾乎看不到門在哪裡。

響子以戴上皮革手套的手扯下枝條，抓到就剪。因爲枝條上有刺，進展遲緩。是品種的關係嗎？還是蔓性玫瑰本來就這樣？她不知道玫瑰竟是如此難搞的植物。枝條上的尖刺就不用說了，沒想到連葉背都有小刺。而且刺還是鉤狀的，一旦勾到頭髮或衣物，就無法輕易拔出，若是扭動身體想要拂開枝條，反而會被纏繞得更緊。萬一枝條彈過來打到臉就危險了，而且即使戴著皮手套，尖刺也毫不留情地穿刺進來。就算剪斷一條，也因爲和其他枝葉纏繞在一起，留在原地不動。想要扯掉，就有其他新的枝條被扯著從天而降。枝條打在頭上，讓她有種遭到藤蔓攻擊之感。不管再怎麼剪，反而覺得枝條愈來愈多。雖然千辛萬苦，但她就是覺得不把小屋裡面整理過，就不算搬完家。至少得看過裡面的狀況才行。

小屋本來就很舊，而且雖然聽說以前當成獨立住家使用，但格局顯然就只是一間小屋。這樣的建築物長達兩年沒有通風換氣，就丟在那裡。小屋位在神社的樹蔭處，採光也不好。響子擔心損傷可能很嚴重，但它被蔓性玫瑰厚厚地覆蓋住，只看外觀，看不出裡面的狀況。如果損傷得太嚴重，也得考慮拆除——響子想著這些，花了快一個小時，總算是沿著門框，剪除了層層疊疊的枝條。

終於現身的門，是一道老木門，下方疑似腐爛，已經破掉了，還浮現出骯髒污漬。看到那宛如廢屋的破門，響子忽然想：如白花般的姊姊，居然死在這種地方。她抓住生鏽的門把。輕輕推拉門板，但半朽的門只是撓彎抵抗，一動不動。響子四處敲打，使勁拉扯，結果傾軋著牢牢黏住的門突然放棄了抵抗，嘴巴張開了一半。瞬間，噁心的臭氣流瀉而出。

要開不開的門縫。可能是因爲時近日暮，小屋裡很陰暗。

我以前進來過這間小屋嗎？響子對裡面毫無印象。印象中好像被警告過很危險不准進來，搞不好自己從來沒有進來過？

一進門的地方是水泥地，然後是高一層的木板地，但再進去就是一片漆黑。不知道是發霉、濕氣還是灰塵，腐朽的味道極爲濃烈，讓她裹足不前，不敢踏入。

裡面實際上還留下多少東西？小屋的狀態怎麼樣？從門口完全看不出來。

——需要燈。

這麼說來，家裡有手電筒嗎？至少響子帶回來的物品裡沒有。家裡留下的東西裡面應該有，但她丟掉大量的家具，很可能一起丟掉了。

響子掃視暗處，猶豫再三，最後關上了門。反正再怎麼樣都需要一支手電筒，明天買吧。她就是不想踏進黑暗的小屋。一想到姊姊死在這裡就忍不住畏怯。

——回想起來，這裡常有颱風過境。

爲了防颱，也最好準備一把大手電筒。總之明天再說，響子爲自己找藉口，轉身離開了。

不知怎地，她怕了。

隔天，響子一早就去買了手電筒，帶著前往小屋。可能是夜裡又有枝椏掉下來了，玫瑰藤蔓如簾子般覆蓋了門口。響子厭煩地再次剪除，以全身施力，拉開入口門板。門和昨天一樣，只能半開。探頭看裡面，儘管是白天，小屋裡卻一片陰暗。而且自己還站在門口擋住了光線，更不用說了。一進去就是約一坪半的泥土地空間，再過去就什麼都看不清楚了。響子打開手電筒，膽戰心驚地踏入其中。小屋裡充斥著臭水般的氣味。

照向左邊的手電筒光圈裡，浮現牆邊的流理台。那是四四方方的混凝土洗手台，和裡面的水槽一樣都變得黏稠污黑。沿著擋在前方的牆壁，有個老舊的餐櫥櫃，它的旁邊，流理台對面，有個開口敞開漆黑大口。響子踩著堆積枯葉靠近，那裡高出一層，似乎是木板地房間。空間裡堆砌著濃淡不一的黑暗，深處隱約浮現被蔓性玫瑰覆蓋的窗戶。

裡面似乎有兩個房間。走進開口，是約三坪左右的木板地房間，它的左手連著另一個房間，中間以玻璃門區隔。一側敞開的玻璃門內部，是純然的黑暗。

響子想要抬起照亮腳下的光圈，檢查裡面——卻做不到。

——姊姊死在這裡。

在這棟小屋裡上吊了。據說，某個假日，母親一早就沒看到姊姊人影。她以爲姊姊出門了，然而入夜以後姊姊仍沒有回家。她尋找姊姊可能會待到深夜的地方，仍找不到人，幾乎瘋狂地衝去報警。警方安撫說可以先等姊姊回家，母親指責警方，逼他們找人，結果隔天很晚的時候，在這棟小屋裡發現了面目全非的姊姊。

——死在小屋的哪裡？怎麼上吊的？

響子不知道細節。沒有人告訴她，她也沒問。但唯一確定的是，就是在這棟小屋裡——斑駁而濃密地盤踞的黑暗當中的某處。

——是哪裡？

響子連自己都覺得好笑，怎麼嚇得像個三歲小孩。都幾歲的人了，太可笑了。

響子深深吸氣。總之，大略查看一下就好了。若是不確認屋內狀況，也無法決定往後該如何處置它。得設想整理小屋的計畫。

響子哄著膽怯的自己，挪動腳步。確定腳邊狀況，走進木板地房間。地板發出尖銳刺耳的擠壓聲。

地板上堆積著灰塵落葉，塞滿無法分辨是物品還是垃圾的東西。響子提心吊膽地用手電筒照。圓形的光圈裡浮現家具和物品，同時投射出漆黑的陰影。有層架。層架上擺著東西，其間沉澱著黑暗。旁邊有張書桌。桌下的陰影很濃。燈光掃去，黑暗深處倏地浮現物體，光一通過，又再次沉入黑暗深底。屋內物品不多，卻感覺一片雜亂。

掃過茶櫃的燈光捕捉到柱子。讓燈光沿著柱子爬升上移，墨黑中驀地浮現橫梁，上頭垂著一綹綹布滿塵埃的蜘蛛網。橫梁上方是整片板子。橫梁的黑影漆黑地橫亙其上。

好像沒有天花板，直接露出屋頂內側。沿著屋頂的傾斜釘上的板子完全泛黑了。可能是漏水，水漬流下，甚至污損了牆板。

——裡面呢？

令人痲痺般的駭懼終於離去，響子把燈光照向裡面的房間。那道嵌著花紋的古樸玻璃門敞開著。響子朝那裡走去。約二坪多的房間裡，留著不知什麼年代的家具什物。好像也有不少沒用的東西——響子往榻榻米和室裡走進兩三步，猛地頓住了腳步。

響子從敞開的玻璃門走進和室時，在玻璃門的後方，視野邊角捕捉到人影。就在穿門而過的自己近旁，有個低著頭的人——

響子嚇一跳回頭。背後沒有人。一定是心理作用——儘管這麼想，響子卻連滾帶爬地衝回木板地房間。她一口氣跑到房間邊緣，跳下泥土地，才終於止步。眼前就是敞開的小屋門，看得到明亮的戶外。這鼓勵了她，給了她停下來的勇氣。

響子回頭，再次用手電筒照向深處。棄置在依稀殘留著生活感的空間的什物。像是被塞進去的盒子、老舊的電器。那裡沒有任何人影。

響子吁了一口氣，肩膀放鬆下來。

——夠了。

雖然結果看不出究竟損傷到什麼程度。

穿過泥土地，走出戶外，反手推上手感沉重的門。邊關門邊回頭瞥見的黑暗中，半空中飄浮著一團白布。布裡伸出兩條白皙的腿，鬆弛無力地垂掛著。

響子頭也不回地逃回家裡。這天她漫無目的外出，也沒有要買什麼，卻在購物中心閒晃。在熱鬧的人群中四處走動，情緒終於平靜下來了。琳琅滿目的人群和商品轉移了她的注意力，讓她做出一切都是心理作用的結論。

一定是恐懼讓她看到的幻影。冷靜下來後，那棟小屋非處理不可的義務感便湧上心頭。自己的家裡怎麼能有棟廢屋？她覺得不管將來要不要使用，都得好好清理一番，掌握狀況才行。然而。

——太可怕了，我不敢進去。

隔天響子定在小屋門口，跨不進去。

一定是幻影，但她當時確實嚇到全身寒毛直豎，實在不想再受到那種驚嚇。

——乾脆丟著別管嗎？

如果響子不進去，根本不會有人靠近。就算小屋垮了，也不會對任何人造成危害吧。反正這地方用不著，就算丟著不管——

響子正在猶豫，近處傳來剪刀喀嚓聲。她回頭尋找聲音出處。鄰家圍牆另一頭，庭園的樹上架了一把大梯子。

是園丁正在修剪樹木嗎？茂密的枝葉搖晃著。伴隨著剪刀的清脆聲響，枝葉沙沙落地。

——造園業者。

找他們討論的話，他們能幫忙處理小屋嗎？至少清除那些帶刺的玫瑰。

響子這麼想，尋找人影，看見枝葉大大地晃動，人影爬下梯子。可能是注意到響子，對方嚇了一跳定住，凍結了片刻，接著深深行禮。響子也跟著頷首回禮。與此同時，傳來一聲「怎麼了」，圍牆上很快地冒出充代的頭。

「啊，響子。午安。」

「午安。」響子也招呼。

「雜草都清掉了呢。變得好清爽。一定很辛苦吧。」

「只是割掉而已，還好。」響子回答。「在修剪樹木嗎？」

「不是啦，那棵樹有胡蜂窩，所以請人摘掉，順便修一下。」

「是長腳蜂。」明朗的聲音響起，充代旁邊冒出年輕男子的臉。「已經摘掉了。尺寸滿大的呢。」

「謝謝，太好了。這位是造園師傅堂原先生。——這位是隔壁的加納小姐。響子是牙醫喔，就要在這裡開業了。」

「是喔？」堂原稀罕地說。

「啊，可以順便請你看一下嗎？裡面的小葉青岡冒出白斑了。」

「是白粉病嗎？」

堂原說，向響子頷首後，消失在圍牆裡。

「好年輕的師傅。」

「就是啊，我們本來請的師傅退休了，這位師傅是去年開始請的，人很好喔。」

「這樣啊。」響子回應。大梯子發出窸窣聲響開始移動。「阿姨，那棟小屋……」

響子決定向充代打聽。

「我媽以前會用那棟小屋嗎？」

充代歪起頭：

「應該沒有——怎麼了嗎？」

「我想說裡面得整理一下，可是蔓性玫瑰長得太密……」

「噢。」充代點點頭。「妳媽那時候也被搞得很累呢。」

「怎麼說？」

「她抱怨說那些枝椏不管怎麼剪都剪不完。」

說完後，充代有些抱歉地說：

「妳媽是沒有用那棟小屋，但是會進去裡面……拿花還有香進去。」

「喔。」響子點點頭。

「一開始她每天都會進去，可是後來蔓性玫瑰愈長愈多，進出都會被擋住，很困擾。她說就算辛苦剪掉，隔天枝蔓就已經變長，把門蓋住了。我是覺得怎麼可能啦，可是……」

充代家找的園丁，好像也會來響子家幫忙。

「師傅也說一樣的話。說不管怎麼修剪，枝椏長的速度也太嚇人，很恐怖。」

這可怕的形容，讓響子背脊一陣發涼。

「開花的時候是很漂亮，但長得這麼不可收拾，實在很麻煩呢。」

「那棟小屋很舊了呢，是什麼時候蓋的呢？」

「不曉得耶。」充代側頭說。「我嫁進來的時候就已經有了，應該是以前的房子那時候就有了吧。就妳爺爺改建成現在的房子以前。」

「這麼舊……？聽說以前用來住人，是真的嗎？」

「對啊，以前你爺爺的朋友住在那裡。不過我也只是聽說而已。好像是上了年紀的朋友，因為沒有親人，也無處可去，所以收留他，讓他幫忙家裡的事這樣。」

「是喔……？」

「那個人過世以後，阿婆——妳祖父的媽媽，就把它當成放農具的地方。這裡以前不是庭園，是田地喔。我嫁過來的時候，這裡都還在種東西。是阿婆過世以後，妳爺爺才把田地改建成庭院的。」

「原來是這樣啊。」

「眞的很老舊了。反倒沒想到撐這麼久。也許本來就蓋得很堅固。」

「但現在被植物包圍，我擔心建築物要不要緊？也想要整理一下裡面，但枝椏把窗戶都蓋住了，光線都進不去。」

「這樣啊。」充代回應時，堂原再次探頭出來：

「果然是白粉病呢。我把嚴重的枝葉剪掉了，不過還不到需要噴藥的程度。」

「謝謝。」充代對堂原說，又說：「蔓性玫瑰丟著不管，會長成那樣嗎？」

堂原一時不解其意，接著看向小屋，「喔」了一聲。

「那棟小屋嗎？」他說。「要看品種，會不會是容易失控的品種？」

「有會失控的品種嗎？」響子問。

「有啊。有些枝椏會長得很長，或是生出許多側枝，沒辦法依照種植者的規畫生長。但要是爲了方便管理，把枝椏剪短，有時候就不開花了。」

玫瑰大部分都很難搞的——堂原說。

「同樣都是玫瑰，但不同品種，個性差異真的很大。若是不了解品種的特性，就沒辦法照顧得好。」

「原來是這樣啊。」

「府上的玫瑰很大棵呢。爬到屋頂上的話想修剪也沒辦法，就只能丟著了。」

堂原說完後，又說：

「不過今年春天花開得很漂亮。應該是土壤很適合吧。」

「長成那樣，你覺得小屋沒問題嗎？」

「確實讓人有些擔心呢。擁擠成那樣，通風會很差，枯葉什麼的也會讓堆積物增加，最重要的是，那麼多枝葉壓在上面，重量也不能小看。」

「如果可以的話……」響子姑且一問地說。「可以麻煩你幫忙嗎？視小屋的狀況，看是把它砍掉，或者就算要保留，也減少一些枝葉。」

「小菜一碟。」堂原說。「還是我這就過去看看？」

響子鬆了一口氣：

「那就太好了。」

堂原立刻過來了。他把扛過來的長梯靠在屋頂上，輕巧地爬上去。他搖晃了玫瑰枝條一陣，很快就下來了。

「方便看一下裡面嗎？」

「請。」響子指示門口。覆蓋牆面的枝條，沿著門的周圍被剪得一乾二淨。

「我為了開門，硬是把它剪掉了。」

「一定很辛苦吧。」

堂原說著開門，但門只能打開一半。他搖晃門板，以蠻力整個拉開來。

「好像歪得很厲害呢。」

「……是啊。」

小屋的黑暗露出來了。「這給你用。」響子把預防萬一帶的手電筒遞去。

「太好了。」

堂原對響子笑了一下，不知為何做了個深呼吸才踏進去。

響子從背後提心吊膽地看裡面，只見手電筒的光線照亮小屋裡。光圈掃過橫梁，響子有些緊張起來。

手電筒的光仔細地照亮小屋內部。光中浮現的桁條處處黑漬，木板縫間，玫瑰枝條像樹根一樣侵入垂掛著。

「枝條果然鑽進來了。漏水漏得滿嚴重的。」

「這樣啊……」

「這棟建築物意外地很牢固，但這屋頂可能不行了。」

光圈沿著柱子往下移。堂原照亮柱底，摸了摸地板。

「我是外行，不過看起來是沒有立即崩塌的危險。」

堂原說完，便匆匆走出門口了。

「詳細情況，還是要請木匠來看過才知道。」

走出小屋的堂原掃視牆面：

「好像種了三種玫瑰。一株是金櫻子，另外兩株是什麼呢？看不出來。」

「師傅覺得應該怎麼處理比較好？」

「我剛看過屋頂，不出所料，堆積了相當多枯枝枯葉等等，而且枝條都鑽進屋裡了。水好像從那裡漏進去，確實是很危險。」

「只能拆掉了嗎……？」

「若要留下來，應該需要大修一番。若沒使用的話，拆掉是最省事的做法——不過……」堂原停頓了一下，直盯著牆面看。「我也覺得，希望它能留下來。」

響子訝異地看向堂原，他說：

「喔——如果要拆掉，玫瑰也只能砍掉了，總覺得有點可惜。」

「是啊。」響子喃喃道。「如果要保留，大概要花多少錢、要修多久呢？」

「還是我介紹我認識的木匠給您？請他過來看一下，估個價。他的話，不管是要拆掉還是修好，都包君滿意。」

響子覺得這說法有些奇妙，但還是點了點頭：

「我考慮一下。」

儘管說要考慮，響子也不曉得要考慮什麼才好。照道理看，拆掉是最好的。反正那地方也沒有用處，沒必要費事修理，保留下來吧。、

然而她舉棋不定。連自己都不明白爲何要猶豫。

一想到小屋，就想到懸掛的那雙白腳。那絕對是幻覺，然而隨著時間過去，那一幕讓她感到悲切不已。

姊姊死在那棟小屋裡。她是懷著怎樣的心思尋短的？爲何會選擇死在小屋？儘管想也沒用，卻又覺得認定不可能明白，拋開不管，似乎也不對。同時也覺得毫不留戀地拆掉姊姊過世的地方不太好。

因爲迷惘，她興起再去小屋一次的念頭。她覺得進去裡面，或許會有什麼讓她立下決心，卻又怕得不敢進去。至少——響子找到小屋的窗戶，著手剪短蓋住窗戶

的枝條。

——至少讓陽光進去。

感覺就有勇氣再次踏入其中。

面對主屋的一側有兩面窗戶。響子費了一番辛苦，剪掉了蓋住窗戶的枝條。現身的窗戶，有幾片玻璃破了，枝葉從那裡鑽了進去。

建築物右邊有面相當大的窗戶，好像附有遮雨板。剪掉一層又一層的枝葉，從厚牆般的荊棘裡挖出鋪了鐵皮的遮雨板。那是兩片式的落地窗。插進鏟子一撬，輕易就把遮雨板撬起來了。

露出兩面窗戶後，小屋裡總算迎入了光線。尤其是成功打開落地窗，更是居功甚偉。雖然各處仍殘留著黑暗，但已經能看遍屋內，響子終於踏了進去。

木板地上厚塵堆積。雖然幾乎沒有像樣的家具，但留下了一張書桌。

那是張老書桌。它面對落地窗，擺在房間幾乎正中央的位置。桌前只擺了一張長椅——或是戶外長條凳？只是一張附腳的長板子。左右有三只茶櫃。

響子覺得這些東西擺放的位置，像是日常使用的家具。坐在長條凳上，恰好是對桌而坐。是前人留下的物品嗎？整齊地擺在書桌旁的茶櫃，也像是當成書桌旁的櫃子。她隨手打開茶櫃查看，裡面裝著書本，但不是多老舊的書。可能是因為櫃門緊閉，幾乎沒有灰塵。取出來一看，多半是歷史書，而且是以第二次世界大戰為中心的現代史書籍。

——這是誰的書？

看看版權頁，相較於茶櫃的年代，書本太新了。是約二十年前的書。

從內容來看，感覺像是只有父親才會讀的書種，但版權頁的日期，顯示不可能是父親的藏書，更不可能是祖父母留下的。

——母親？

不對，母親對歷史根本沒興趣，而且從來沒看過她看書的樣子。若是課本教材，是看她翻開過，但幾乎沒看過她閱讀課外書籍。

不知為何，響子顫抖起來。

——那就只剩下一個人了。

「……姊？」

姊姊——在讀現代史？

確實，姊姊喜歡閱讀。常看到她在看書，但不記得她會讀這麼硬的書。

這些是姊姊的藏書嗎？如果是，怎麼放在這種地方？記得姊姊的房間有個漂亮展示櫃，一半都放滿了書，幾乎都是寫真集或小說，沒有半冊歷史書或專書。

響子正茫然若失，手中的書本忽然被拉扯。書被抽離手中，就像是被誰搶走一樣，啪一聲掉在地上。

響子驚嚇地看了看書本周圍，接著環顧自身周圍。

不知不覺間，盤踞在角落的陰暗擴大了它的地盤。

隔天響子拜訪隔壁。

「不好意思突然打擾，我想請教一些事……」

「怎麼啦？這麼鄭重其事的。」

充代說著，請響子到庭院的賞月台。

「我正想喝茶呢。今天天氣這麼好。」

充代說著，以托盤端來茶水。從簷廊延伸而出的甲板狀通道前方，設了一座高台，面積只有一坪左右。周圍扶手環繞，但沒有屋頂。高度約是響子的胸口，但站在那裡，就能展望整座庭園。近處就是池塘，池塘另一頭是修剪得宜的植栽，再過去剛好是與鄰接的建築物之間的空地，因此天空顯得格外空曠。若是有月亮就太棒了。池面倒映出月影，肯定是一幅絕美的景致。現在池面漂浮著一兩片染上淡紅的枯葉，池中有色彩鮮豔的鯉魚悠游。

「池塘也不錯呢。」

響子說，充代輕笑一聲：

「妳小時候撈過我們家池子裡的鯉魚。」

「……咦！」

充代好笑地說：

「應該是妳媽有事來我們家的時候吧。大人在簷廊那裡說話，妳跟百合香兩個人一起跑進池塘，合力抓了一條大鯉魚。」

有這種事嗎？響子回溯記憶，卻完全沒有印象。

「妳們兩個搞得全身濕淋淋的，一起驕傲地說抓到的是最大的一條。」

「一起……」

充代點點頭，瞇起眼睛：

「那時候妳還在讀幼稚園吧。百合香應該才剛上小學。妳們兩個很小的時候，感情真的很好。」

響子無法呼吸了。充代的話就是讓她如此震驚。

小時候感情好？自己跟姊姊？——即使回想，也沒有任何跟姊姊一起玩耍的記憶。幾乎沒有像是一對姊妹的記憶。她鮮明記得的，是努力當姊姊不存在的她，以及疏遠這樣的她的姊姊。

作弄或譏諷的記憶是有，但她不記得和姊姊聊過什麼。但對姊姊冷嘲熱諷，也只到上國中爲止，後來她什麼都不說了。此後，姊妹之間的對話全是不帶感情的「讓開啦」、「那東西在哪裡？」，響子把姊姊當成同一個屋簷下的陌生人，姊姊也和她維持著這樣的關係。

「我……完全……沒印象……」

「或許吧。」

充代說道，嘆了一氣。

「這樣說是不好聽，不過妳媽露骨地只疼百合香一個人，也難怪妳會討厭百合香。我覺得百合香總是對妳感到虧欠，怎麼說，感覺她都盡量不讓妳看到她。」

我好幾次勸妳媽不要這樣——充代的臉色暗了下來。

「雖然覺得我只是個鄰居大嬸，這樣太多管閒事，但實在是看不下去。我說，這樣響子太可憐了，百合香也很難做人……結果妳媽整個對我敬而遠之了。」

所以嗎？響子心想。直到這次回來聊過以前，響子一直有些討厭充代，覺得她很嚴厲、不好親近。大概是因爲母親表現出排斥態度吧。

「……對不起。」

「這不是妳該道歉的事啊！」

充代慌了。

「反倒我才該道歉。都因爲我多嘴，搞得妳媽討厭我，兩家互不來往了。如果不是這樣，或許我也可以聽聽百合香的煩惱。至少讓她有個訴苦的對象。」

充代重重地嘆了一口氣。

「忠告別人，眞是件難事。我覺得很後悔，應該說得更委婉。如果不是責怪妳媽，而是更溫和地勸說，或許這裡至少可以成爲妳或百合香的避難所。」

「姊姊的避難所……」

充代點點頭，眨了眨眼：

「……不好意思啊，妳有事要問我吧？」

響子搖了搖頭：

「我想問我姊的事。我完全不了解我姊是個怎樣的人……」響子說著，支吾起來。「……像是她爲什麼自殺了。」

當然，充代不可能知道理由，但這裡是鄉下地方，鄰居之間應該會有許多臆測。精確度姑且不論，鄉下的情報網既廣又厚，或許聽到了什麼風聲。

「很可惜，我也不知道。妳媽說百合香在職場被人欺負，還說是遇到負心漢，但好像都沒有根據，而且應該不是那類問題吧——至少我聽說她在職場做得很順利。所以銀行的人都非常驚訝。而且她好像也沒有交往的男友。」

「這樣啊。」響子喃喃道。「我覺得我完全看不到我姊。就像這樣，我媽擋在前面，我姊被遮在她後面，完全看不見……」

充代點點頭，就像在表達「我懂」。

「……我想，百合香一直覺得很對不起妳，覺得她害妳寂寞難過。她等於是讓妳痛苦的元凶，所以不敢跟妳說話，但她也明白母親對她的愛，無法違抗母親。」

充代頓了一下說：

「對妳來說，百合香搶走了妳媽，但對百合香來說，妳媽搶走了她的妹妹。她因爲母親，失去了妹妹。不光是妹妹，妳媽還會篩選百合香的朋友，甚至是交往的對象。百合香是妳媽的理想，所以她無法容許百合香有任何一丁點違背她的理想。她事事干涉，就像搶走妳這個妹妹那樣，從百合香身上剝奪了許多事物。百合香會不會是無法忍受了？我覺得要是她最起碼有個可以訴苦的對象就好了。」

充代說道，按住了眼頭。

「如果我只是個普通的好鄰居，或許就有辦法在妳們中間調解了。」

「阿姨，妳不用自責。」響子喃喃說。「是我自己要變得乖僻的。就算妳那時候跟我說我姊對我感到很抱歉，我一定也聽不進去。」

她絕對會想：才怪。響子根本沒有好好去看姊姊。她毫無理由地把姊姊當成和母親一國的，不認爲姊姊是獨立的個體。

回首過去，確實姊姊對響子的態度總有些畏怯。印象中，她只要和響子對上眼，就會驚慌地躲起來。母親稱讚姊姊，響子覺得那是在嘲諷自己而鬧彆扭，於是夾在中間的姊姊便無地自容地躲到別處。

從隔壁回家的路上，許多這類微不足道的場景在腦中復甦。姊姊對大肆褒獎的母親輕聲反抗「不要說了」，或替響子說話「響子比我厲害多了」。

——××阿姨稱讚妳呢，說妳們家千金好漂亮、好文靜，怎麼這麼優秀。

——那只是客套話。

——才不是呢，她稱讚得可眞誠了。妳是我引以爲傲的女兒啊。

——我沒什麼値得驕傲。比起我，響子更優秀。她的成績總是名列前茅。

——女孩子成績好有什麼用？

姊姊對自己是什麼想法？被夾在母親和妹妹之間，是何感受？響子從來沒有想像過——也就是說，響子眼裡根本沒有姊姊。就像母親對響子那樣。

響子打開只留下一本的相簿。祖父母和父母、還年輕的母親懷裡的嬰兒。母親的表情光輝動人，體現了何謂幸福。襁褓中的姊姊、坐在簷廊的姊姊，然後是還年輕的父親懷裡的新生兒。有張照片，是幼兒把臉貼近睡著的嬰兒臉頰，對著鏡頭笑。雖然年紀還小，但那表情就像在說，她對剛出生的小妹妹開心極了。相片中的身影，就是一對極普通的小姊妹。

姊姊笑著，用小狗布偶的鼻子對響子搔癢。姊姊牽著搖搖晃晃學步的響子。自己張開雙手，對著姊姊吹出來的泡泡歡笑。

——妳們兩個小時候感情眞的很好。

原來是這樣，響子心想。同時，她覺得她們是被拆散了。母親的偏心，拆散了這對姊妹。

母親只關心姊姊一個人。她總是拿姊姊和響子比較，貶低響子。響子憎恨這樣的母親，連帶憎恨起姊姊。遭到憎恨的姊姊，心裡多難受？

——明明我們是唯一的手足啊。

響子很早就把姊姊從自己的世界排除出去，當成同一個屋簷下的陌生人看待。對響子這樣的態度，姊姊也無法視爲無理取鬧吧。就算響子嘲諷她、排擠她，她也沒辦法怪響子。

響子痛罵母親，離家而去時，姊姊是什麼心情？響子自己完全沒想到姊姊。她記得自己撂話「我再也不會回來了」，棄家而去的那一天，母親憤怒的表情，但姊姊在哪裡、是什麼表情，她甚至毫無印象。但她聽見姊姊說「要保重身體」，所以姊姊應該是在場的，然而她完全不記得了。

然後，那是她最後聽到的姊姊的聲音。

響子在傾斜的陽光裡走向小屋。響子粗魯切斷的枝條，在門口上方溫馴地搖晃著。母親好像對充代埋怨不管怎麼剪就是一直長，但看不出那種跡象。

也許，姊姊是不想要母親進入小屋。

百合香在這棟小屋裡結束了生命。要逃離母親的掌控，只有這條路可走吧。姊姊死後，母親繼續死守著她不放，姊姊爲了繼續逃離母親，只得以荊棘覆蓋小屋，將它封閉——響子這麼感覺。

響子進入小屋，坐在取代椅子的長板凳上，面對書桌。姊姊大概是把這裡當成她的避難所吧。藏在茶櫃裡的書，是姊姊眞正感興趣的書。有本《二次大戰回憶錄》，作者是溫斯頓．邱吉爾。《第三帝國興亡史》看起來非常舊，但翻開封面，貼著二手書店的標價存根，應該是特地買來的舊書吧。《無情戰爭》、《紐倫堡審判》——翻譯書占了絕大多數。即使想要閱讀它們來追溯姊姊的思路，也幾乎都是缺乏基礎知識的響子讀不來的書。

「原來姊姊有這麼厲害的一面……」

響子喃喃道。這要是母親，絕對會批評看這種書「假會」吧。

「所以姊姊才把它們藏在這種地方。」

喀嗟，響子背後傳來聲響。深處的房間，幽光照不到的暗處——

「幸好妳把這些書藏起來了。我想都沒想就把姊姊的東西全丟掉了……」

背後有人的氣息。是一種暗處裡有人正注視著自己的逼真觸感。

「……對不起。」

氣息倏然消失了。

暮色落在一片寂靜的小屋裡。夜晚已經準備踏進來了。

「我還是決定修理。」響子聯絡堂原。「可以請師傅介紹認識的木匠嗎？」

「沒問題。」堂原答應，在響子開始去診所上班後的第一個休假日過來了。他帶了個年紀與他相仿的年輕人。

「——這有辦法修好嗎？」

響子問自介姓尾端的年輕人說。尾端把小屋內外巡了一遍，說若要修理，會是相當大的工程。

「當然，只要您委託，我會全力以赴——」

響子點點頭：

「只要保留下來，不會倒塌就行了。不用改建到能住人，維持現在小屋的樣子就夠了。若是可以收納整理庭院的工具，偶爾在裡面休息，那就更好了。」

「這樣的話，只要更換受損部分，把屋頂換成鐵皮之類的就行了。但問題是這些蔓性玫瑰吧。」

響子點點頭，問堂原說：

「有沒有辦法把它修剪到可以施工呢？若是能夠，我也想把玫瑰留下來，不過要是長得像現在這麼旺盛也麻煩……」

「應該沒問題。」堂原笑道。「聽說以前就算修剪也一下子就變長了，但加納小姐修剪後，它們看起來都很安分。若是加納小姐委託，即使是我來剪，它們應該也會乖乖聽話吧。那麼，或許意外地可以修剪成小小一株。」

響子覺得堂原的說法頗爲奇妙。

「聽你這樣說，好像玫瑰有意志一樣。」

「怎麼可能。」堂原笑了。「玫瑰應該沒有意志吧。但植物意外地會受到人的意志影響。」

響子有些納悶。不知為何，她覺得堂原的話別有深意，同時她也覺得她會煩惱該如何處置小屋，是因為堂原那句「希望它能留下來」意外打動了她的心。

「小屋裡的東西怎麼辦？」尾端問。「可以的話，我能幫忙清運。」

「那太好了。」

「再請您把要丟的東西整理出來。」

響子點點頭，忽然開口問堂原：

「——有沒有什麼東西最好留下來？」

堂原可能已經在計畫要如何修剪，眼睛盯著玫瑰的枝條說：

「把書桌和書留下來吧。」

——這個人好奇妙。

「我會的。」

「那，」尾端以莫名心領神會的語氣說。「也需要書架呢。拿那個長凳子當椅子也太克難了。我來找張書椅吧。」

——這兩個人好奇妙。

響子這麼想，說：

「有辦法弄成能在裡面燒開水嗎？」

「好像有電，可以用電熱水壺。」

「咦，這裡有電嗎？」

「電燈的話，燈具已經壞掉了。不過要用電，最好等重新配線之後再說。萬一漏電就危險了。」

「那個流理台能用嗎？」

「應該沒辦法了。是古時候的磨石子材質，但裂開了。水管也是，配管讓人擔心，如果要拉排水管讓流理台可以使用，水電一起重弄比較快吧。雖然工程的範圍會大一些。」

「不錯喔，」堂原回頭笑道。「改造成小木屋風格。」

響子點點頭。若是請尾端做書架的話，就把紅茶和茶壺拿過來這裡吧。

——然後擺上兩只茶杯。

# 恠33／營繕師異譚之參

原著書名／営繕かるかや怪異譚その参
原出版社／KADOKAWA
作　者／小野不由美
翻　譯／王華懋
責任編輯／詹凱婷
編輯總監／劉麗真
事業群總經理／謝至平
發 行 人／何飛鵬
出 版 社／獨步文化
城邦文化事業股份有限公司
台北市南港區昆陽街16號4樓
電話：(02) 2500-0888　傳真：(02) 2500-1967
發　行／英屬蓋曼群島商家庭傳媒股份有限公司城邦分公司
台北市南港區昆陽街16號8樓
網址／www.cite.com.tw
讀者服務專線／(02) 2500-7718；2500-7719
服務時間／週一至週五：09：30～12：00　13：30～17：00
24小時傳真服務／(02) 2500-1900；2500-1991
讀者服務信箱E-mail／service@readingclub.com.tw
劃撥帳號／19863813
戶名／書虫股份有限公司
香港發行所／城邦（香港）出版集團有限公司
香港九龍土瓜灣土瓜灣道86號順聯工業大廈6樓A室
電話／(852) 2508-6231　傳真／(852) 2578-9337
E-mail／hkcite@biznetvigator.com
馬新發行所／城邦（馬新）出版集團
Cite (M) Sdn Bhd
41, Jalan Radin Anum, Bandar Baru Sri Petaling,
57000 Kuala Lumpur, Malaysia.
Tel: (603) 90578822
Fax:(603) 90576622
email:cite@cite.com.my
封面設計／高偉哲
排　版／游淑萍
印　刷／中原造像股份有限公司
●2024年4月初版
售價360元


ISBN 9786267415207（平裝）
9786267415184（EPUB）

國家圖書館出版品預行編目資料

營繕師異譚之參 / 小野不由美著；王華懋譯. –初版. – 台北市：獨步文化，城邦文化出版：家庭傳媒城邦分公司發行，民113.4
面 ； 公分. --（恠；33）
譯自：営繕かるかや怪異譚 その参
ISBN 9786267415207（平裝）
9786267415184（EPUB）

861.57　　112001570